पुरस्कृत

अंगूठे का निशान

अंगूठे का निशान

(पुरस्कृत उपन्यास)

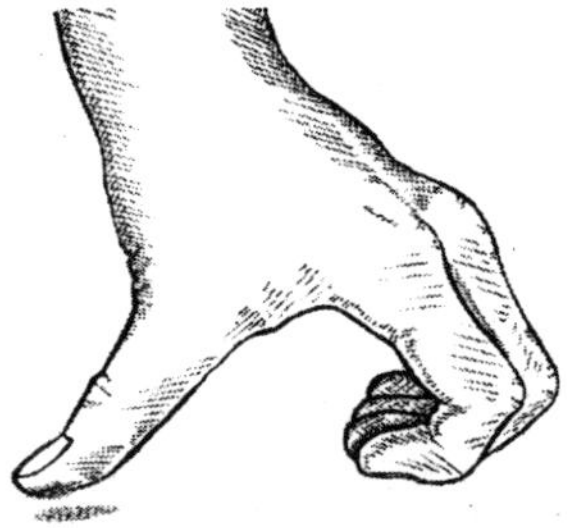

लेखक

'पद्मश्री' कश्मीरीलाल ज़ाकिर

बाल निधि, नई दिल्ली–110024

ISBN–978-93-81918-49-4

मूल्य
295.00

संस्करण
प्रथम, 2018

प्रकाशक
बाल निधि
6/36, प्रथम तल, विक्रम विहार
लाजपत नगर-IV, नई दिल्ली-110024

मुद्रक
पराग प्रिंटिंग सर्विस, नई दिल्ली-48 द्वारा शब्द संयोजन एवं
बालाजी ऑफसेट, दिल्ली-110032 में मुद्रित ।

Angoothe Ka Nishan *(Awarded Novel on Bonded Labourers)*
by 'Padamshree' Kashmirilal Zakir

उन अनगिनत लोगों के नाम–
जो एक नयी सुबह के इंतिज़ार में हैं ।

भूमिका

शासक और शासित के परस्पर सम्बंधों की कई कड़ियां हैं जिनमें से अधिकांश का आधार विवशता पर है। बेगार तथा बंधक खेत-मज़दूर की प्रथा भी इन उलझे हुए रिश्तों की ही एक कड़ी है। ज़ागीरदाराना शासन का समस्त ढांचा सैकड़ों वर्षों तक इसी नींव पर टिका रहा कि कुछ शक्तिशाली शासक लोग अपनी अल्प संख्या के बावुजूद सभी दुर्बल तथा विवश लोगों के भाग्य के स्वामी बन जायें। इस जाल के धागे इतने बारीक और मुलायम थे कि वे दिखाई नहीं देते थे। जब कोई व्यक्ति अथवा कुछ लोग इस जाल में फंस जाते थे, तब भी उन्हें यह एहसास नहीं होता था कि जिन धागों ने उन्हें अपनी जकड़ में ले लिया है, वे बहुत मज़बूत हैं और समय के बहाव के साथ इतने मज़बूत होते जा रहे हैं कि कभी टूटेंगे ही नहीं। इस समस्त प्रक्रिया में एक वक्त ऐसा भी आ जाता है कि वे अनपढ़, कमज़ोर और मज़बूर लोग इस कैद को ही अपना जीवन समझने लगते हैं और अपने साथ अपनी आगामी पीढ़ी ही नहीं बल्कि आनेवाली कई पीढ़ियों को बंदी बना डालते हैं। बेगार तथा बंधक खेत-मज़दूर की प्रक्रिया जब एक बार शुरू हो जाती है तो इसका पहिया कहीं नहीं रुकता है। बस, घूमते ही जाता है। इस प्रक्रिया में स्वभावतः अधिकाधिक लोग सम्मिलित हो जाते हैं। यह दु:खांत किसी सीमा तक इस ढांचे का

अनिवार्य अंग बन जाता है ।

मानवता का इससे अधिक अनादर और क्या हो सकता है कि कुछ शासक लोग अपने चातुर्य से लोगों को जीवन-भर के लिए अपना दास बना लें और उनसे सम्मान और इज़्ज़त से जीवित रहने का अधिकार ही छीन लें । बेगार तथा बंधक खेत-मज़दूर प्रथा में न केवल श्रम और स्वाधीनता ही बिकते हैं अपितु नारीत्व तथा लाज भी बिक जाती है । बेगार की प्रथा इक्कीसवीं शताब्दी के इस युग में भी विभिन्न रूपों में जीवित है ।

उन क्षेत्रों में जो अपेक्षाकृत पिछड़े हुए हैं या अनाज में आत्मनिर्भर नहीं हैं, व्यक्तिगत शासन की यह प्रक्रिया अधिक मुखरित है । आंकड़ों के अनुसार हिन्दुस्तान की लगभग सत्तरह रियासतों में बेगार की प्रथा किसी-न-किसी रूप में विद्यमान है परन्तु भिन्न-भिन्न क्षेत्रों में इस प्रथा के भिन्न-भिन्न नाम हैं । उड़ीसा में इसे 'हालिया' या 'हुलिया' कहते हैं। बंगाल में यह 'नित मजूर' के नाम से मशहूर है । उत्तरी बिहार के इलाके में यह 'बारामासिया' कहलाती है । मध्य प्रदेश में 'हारदासी' और उत्तर प्रदेश में 'सेवक' । अंतर केवल नाम का है परन्तु बात वही पराधीनता की है । आदिवासी लोग आर्थिक विवशताओं के कारण इस प्रथा के बंधन में बुरी तरह जकड़े हुए हैं । कुछ समय हुआ, मैं उत्तर प्रदेश के एक सोशल वर्कर से बात कर रहा था जिसने मुझे बताया कि जौनसर-बावर और चकरौता तहसीलों में आज भी लोग बारहवीं और तेरहवीं सदी की दहलीज पर खड़े हैं । आज भी वहां ऊंची जाति के ब्राह्मण और राजपूत पिछड़ी जाति के लोगों के साथ बिल्कुल गुलामों जैसा व्यवहार करते हैं । एक बार उधार देकर तमाम ख़ानदान को कई नस्लों तक रहन रख लेते हैं । यही नहीं बल्कि इन लोगों की

निर्धनता, विवशता और अशिक्षा का अनुचित लाभ उठाकर मासूम औरतों और लड़कियों को भी बरगलाकर बड़े- बड़े शहरों में भिजवा देते हैं, जहां उन्हें बेच दिया जाता है ।

बीसवीं सदी के इस दौर में जब लोकतंत्र में जनता का विश्वास बढ़ता जा रहा है, बेगार की प्रथा का किसी भी रूप में होना सामाजिक अभिशाप है । इसमें कोई संदेह नहीं कि कृषि-क्षेत्र में बहुत उन्नति हुई है, लोगों को ऋण प्राप्त करने की सुविधायें भी हैं, शिक्षा के साधनों के साथ सामाजिक जागृति में भी वृद्धि हुई है । अब वह पहली-सी बात तो नहीं, लेकिन जौनसर-बावर जैसे इलाके भारत में अब भी मौजूद हैं और जब तक बेगार की प्रथा किसी भी रूप में जीवित है, वह सभ्य समाज के नाम पर एक बहुत बड़ा कलंक है ।

यह उपन्यास इस प्रथा के विरुद्ध क्रांति की एक संक्षिप्त-सी कथा है । यह क्रांति दिमागों में पलती रहती है और एक वक़्त ऐसा आ जाता है, जब वे लोग अपने आपको मज़बूर और बेबस न समझकर कुछ कर गुज़रने पर तुल जाते हैं । लेकिन उनके इस विद्रोही जज़्बे और स्वाधीनता प्राप्त करने के संकल्प को उचित ढंग से संगठित करने के लिए समुचित साधनों का होना अत्यन्त आवश्यक है । जब उन्हें ये साधन नहीं मिल पाते हैं तो क्रांति की ज्वाला दिमाग़ों के भीतर-ही-भीतर सुलगकर एक ऐसा कड़वा और घना धुआं उत्पन्न कर देती है कि उनकी आंखें खुल ही नहीं सकतीं और वे आगे का रास्ता ही नहीं देख पाते हैं । यह सिर्फ इसलिए होता है क्योंकि उनकी लीडरशिप नहीं बन पाती है । स्पष्ट है कि उनका नेता उन्हीं में से एक हो सकता है और ऐसा होना भी चाहिए। लेकिन उनका नेता अधिक सूझबूझ वाला और अनुभवी नहीं होता है।

इसलिए वह उन्हें बग़ावत के लिए प्रेरित तो कर देता है और उनके हाथों में इन्क़िलाब का झंडा भी थमा देता है लेकिन उनका ठीक से पथ-प्रदर्शन नहीं कर पाता है और वे लोग असमंजस में पड़ जाते हैं । शोषण-शक्ति एक बार फिर अपना जाल फैलाकर उन उड़ान भरने पर तुले हुए बंदियों को कुछ और अवधि के लिए कैद कर डालती है । लेकिन शोषण-शक्ति यह भूल जाती है कि वक़्त की तेज धारा अधिक समय तक अपनी राह में आने वाली पुरानी और जर्जर चट्टानों को नहीं टिकने देगी । जागृति, मानसिक स्वतंत्रता और मानवीय संघर्ष की जो कशमकश संसार के हर भाग में जारी है, उसकी लहरें तो पहुंचेंगी ही, चाहे उनके रास्ते में ऊंची-से-ऊंची दीवारें क्यों न खड़ी कर दी जायें ? यही लहरें जब ठाकुर निहालसिंह के उन खेतों में पहुंचती हैं जो कभी एक घना जंगल था और जिसे ठाकुर महीपाल सिंह ने अपनी दिव्य-दृष्टि से सोना उगलती धरती में परिवर्तित कर दिया था । वहां एक निर्धन और अनपढ़ बाप रामफल बंधक खेत-मज़दूर का बेटा कलीराम, जो खुद भी एक बंधक खेत-मज़दूर है, अपने सीने में एक दहकती हुई आग महसूस करता है । उसके साथ भगतो है जो रामफल की तरह ही अनपढ़ बंधक खेत-मज़दूर है । इस आग की गर्मी में जलता है और कलीराम की बीवी किताबो गुलाम झोपड़ी में अपने बच्चे को जन्म देने से इन्कार कर देती है । यह व्यक्तिगत एहसास ही सामूहिक अनुभूति बनकर गुलामी की बेड़ियों को एकदम तोड़ देता है । जब रात के पिछले पहर कलीराम के साथी उसके लिए धरती के उस टुकड़े पर, जो अब उसकी मालकीयत थी, कच्ची झोपड़ी मुकम्मल कर लेते हैं तो किताबो गारे से बनी गीली और कच्ची झोपड़ी में अपने बच्चे को जन्म देती

है और आज़ादी का यह दीवाना कलीराम नयी-नयी आज़ादी प्राप्त करके इतना खुश है कि वह एकदम पागल हो जाता है और दीवार से उखाड़ी हुई गीली मिट्टी पर अपने नवजात शिशु के अंगूठे का निशान लगवाकर उसे अपनी झोपड़ी के किवाड़ पर चिपका देता है। इसलिए कि अंगूठे का निशान अब गुलामी का नहीं, आज़ादी का प्रतीक है। यह केवल कलीराम के बेटे के लिए ही नहीं, बल्कि उस नये इंसान के लिए भी है, जो दुनिया के लिए उज्ज्वल भविष्य करने का निश्चय कर चुका है।

अंगूठे का निशान नई दिशाओं की ओर एक नये सफ़र की शुरूआत का संकेत देता है। सफ़र बहुत लंबा है और मंजिल अभी दूर है लेकिन मंजिल को पाने का एहसास अत्यन्त तीव्र है और एहसास की यह तीव्रता ही एक उज्ज्वल भविष्य की साक्षी है।

–कश्मीरीलाल ज़ाकिर

1

मेरा नाम कलीराम है और मेरे बाप का नाम रामफल । हम दोनों के नाम में राम नाम का साझा है । शायद इसीलिए मेरे बाप को फल के रूप में मुझे जन्म देना पड़ा और उसी ने मुझे इस युग में भेजा जिसे कलियुग कहते हैं । राम एक हैं और वह बड़े ही इंसाफपसंद हैं । इसी इंसाफ की परम्परा को बनाये रखने के लिए उन्होंने चौदह साल का वनवास लिया और अपनी गद्दी भाई भरत को सौंप दी । वनवास लेते समय राम ने न्याय के दूसरे पक्ष को सामने रखते हुए अपनी पत्नी सीता को भी जंगलों की खाक छनवाई और अपने छोटे भाई लक्ष्मण को भी साथ-साथ भटकाया । बात सिर्फ इतनी थी कि 'प्राण जाय पर वचन न जाई' श्रीरामचरितमानस की यह उक्ति मुझे उस समय सुनने को मिली जब रात को मेरे-जैसे और कई लोग दिनभर की कड़ी मेहनत से थक-हार कर रात गये तक ढोलक और मजीरे पर श्रीरामचरितमानस की चौपाईयां गाते रहते थे । उन्हें यह भी मालूम न होता कि चौपाई जो वे ऊंचे-ऊंचे सुरों में अलाप रहे हैं, ठीक है या गलत । उसके अर्थ क्या हैं और श्रीरामचरितमानस में इसका महत्त्व क्या है ? वे तो केवल इसलिए गाते थे ताकि अपनी दिनभर की कमाई हुई थकान को भूल जायें और यह भी भूल जायें कि वे केवल रोटी के चंद टुकड़ों के लिए अपनी जिंदगी बेच चुके हैं । उनकी फूस की बनी कच्ची झोपड़ियों में सिवाय महरूमी और निर्धनता के और कुछ नहीं था । वह महरूमी और निर्धनता मिट्टी के छोटे-छोटे बर्तनों में परवरिश पा रही थी जो उनकी घरवालियों ने बड़े सलीके से झोपड़ी के एक ओर दीवार के साथ एक के ऊपर दूसरा बर्तन रखकर सजा रखे थे । श्रीरामचरितमानस की इन चौपाईयों को ढोलक की थाप पर गाकर वे यह भी भूल जाना

चाहते थे कि उन्होंने एक असमाप्त समय के लिए अपने आपको, अपनी औलाद को और अपने सारे परिवार को जमींदार के खाते में कैद कर डाला है । इस खाते पर एक गर्मागर्म मुहर जड़ी थी जो कभी न टूट सकती थी और जिसे जमींदार की हर वर्षगांठ पर और ज्यादा मजबूत कर दिया जाता था । मेरा बाप रामफल भी उन्हीं लोगों में से एक था जो अपनी हथेली पर तम्बाकू के सूखे पत्तों को रगड़कर उसमें घटिया-सी किस्म का चूना मलता था और फिर उसे फांक जाता था । फिर थोड़ी देर बाद जब तम्बाकू और चूने की मिलावट से उभरता नशा उसके दिमाग पर चढ़ता था तो उसकी आवाज ऊंची हो जाती थी । वह श्रीरामचरितमानस की हर चौपाई को बड़ी लय के साथ गाया करता था और आंखें बंद कर ढोलक पर थाप देता था । जब रात गये अपनी झोपड़ी में लौटता तो उसके पांव डगमगा रहे होते थे और वह आते ही मेरी मां को गंदी-गंदी गालियां देता और उसके साथ ही लेट जाता था ।

"सरम नहीं आती !" मेरी मां यह कहकर अपने छोटे झलंगे से उठ जाती और मेरा बाप वहीं पसर जाता था ।

मां तमाम रात मिट्टी के फर्श पर पड़ी रहती और मेरा बाप झलंगे पर पड़ा खर्राटे लेता रहता था । फिर न जाने किस वक्त वह उठकर खेत में चला जाता था ? मैं जब सोकर उठता तो न मेरा बाप और न मेरी मां ही झोपड़ी में होते । वे दोनों खेतों में काम करने चले गये होते थे । मैं अपनी झोपड़ी से बाहर आ जाता और सूरज को निकलते हुए देखता और फिर देर तक अपने सामने फैले हुए खुले खेतों को निहारता रहता था । वे खेत, जो हमारे नहीं थे, उनमें उगी हुई फ़सल हमारी नहीं थी और खलिहान में जमा अनाज के दाने हमारे नहीं थे । लेकिन उन खेतों में गुंथी हुई दिन-रात की मेहनत हमारी थी । उसमें समायी पसीने की बूंदे हमारी थीं और उसकी छांव में पलती भूख हमारी थी । और वह सब कुछ हमारा था जिसका सम्बंध मान-सम्मान, आराम, सुविधा और फुर्सत से नहीं था । इन पर हमारा कोई कंट्रोल नहीं था । ये सब चीजें जमींदार ठाकुर रिछपालसिंह के कब्जे में थीं । और उसके अधिकार में से किसी भी चीज को निकाला नहीं जा सकता था ।

ठाकुर रिछपालसिंह का जो नक्शा उसे पहली बार देखने पर मेरे मन में बना, वह बहुत देर तक बना रहा । उसके बारे में यह मशहूर था कि उसके बहुत बड़े मकान में, जिसे ठाकुर का महल भी कहते थे, एक अंधेरा कमरा था जिसमें ढेरों सोने-चांदी के जेवर भरे पड़े थे । जो जेवर उस अंधेरे कमरे में दाखिल हो जाता, उसे किसी ने भी बाहर निकलते नहीं देखा था । कई बार सोने और चांदी जैसी चमकती लड़कियां भी उस अंधेरे कमरे में दाखिल हुई थीं और फिर उन्हें किसी ने बाहर निकलते नहीं देखा । उन्हें उस कमरे की दीवारों ने निगल लिया और उनकी हड्डियां तक इन दीवारों की सीलन में घुल गयी थीं । मैंने भी जब ठाकुर रिछपालसिंह को पहली बार देखा तो मुझे यही लगा कि उसकी गहरी-गहरी आंखें वास्तव में दो छोटी-छोटी अंधेरी कोठरियां थीं जिनमें जो भी उतरता, वह फिर उभर नहीं सकता था । उन आंखों में कशिश नहीं थी । उनमें चमक भी तो नहीं थी । चमक तो उसके मोतियों के उस हार में थी जो उनके गले में पड़ा होता और धूप में उसकी चमक और भी तेज हो जाती थी । मोतियों की हल्की-हल्की चमक उसके चेहरे पर भी पड़ती रहती थी । उसके सिर पर केसरी रंग की पगड़ी बहुत भली लगती थी । लम्बे रेशमी कोट के नीचे उसका सफेद चूड़ीदार पाजामा भी बहुत सुन्दर लगता था । ठाकुर का व्यक्तित्व मनमोहक था-बिल्कुल उसके अपने महल की तरह, जिसकी ऊंची-ऊंची सफेद दीवारें बहुत दूर से चमकती नजर आती थीं । लेकिन जिस तरह इन चमकती दीवारों के अंदर एक अंधेरे कमरे की सीलन से अटी दीवारें थीं, उसी तरह उसकी दिलकश शख्सीयत के साथ उसकी गहरी आंखें उतनी ही खौफनाक थीं । जिस शख्स या चीज पर वे आंखें एक बार गड़ जातीं, वह शख्स खत्म हो जाता और वह चीज जलकर राख हो जाती । जब मैंने पहली बार ठाकुर की आंखों को देखा, उस समय वे फानूसों से सजे बहुत बड़े कमरे में मुजरा करती हुई एक तवायफ पर जमी हुई थीं । मेरे पास ही बैठे एक आदमी ने दूसरे से कहा था, "अब यह गानेवाली इस महल से बाहर नहीं जायेगी ।"

वास्तव में उस दिन ठाकुर के लड़के की शादी थी । बारात कहीं दूर जानी थी, इसलिए बारात जाने से एक दिन पहले उन्होंने मुजरे का

इंतिजाम कर दिया था । शादी-ब्याह में मुजरा कराना उनके खानदान में एक रस्म थी । उस रोज ठाकुर के खेतों में काम करने वाले सभी मज़दूर ठाकुर के मेहमान थे । ठाकुर के कारिंदे सबको लड्डू बांट रहे थे । खेतों में काम करने वाले मर्द तो लगभग सभी आ गये थे लेकिन औरत कोई नहीं आयी थी । एक कारिंदे ने मज़ाक करते हुए मेरे बाप से कहा, 'रामफल ! अकेले ही आये हो मुजरा देखने ?'

'नहीं, मेरा लड़का कलीराम भी है । उधर बैठा है, अपने दोस्तों के साथ ।' मेरे बाप ने जवाब दिया ।

'इसकी मां को क्यों नहीं लाये ?'

'शरीफ औरतें क्यों आयेंगी इधर ?' मेरे बाप ने जरा तेज होकर कहा और ठाकुर का कारिंदा मुस्कुराते हुए आगे निकल गया । उसने बात आगे नहीं बढ़ाई । लेकिन जब वह कुछ और आगे बढ़ा, जहां मैं और मेरे साथी बैठे थे, तो उसने धीरे से दूसरे कारिंदे से जो टोकरी में लड्डू उठाये चल रहा था, कहा, 'इसकी औरत है बड़ी जोरदार !'

उसे मालूम नहीं था कि वह मेरी मां के बारे में कह रहा है । न ही मेरे साथ बैठे हुए दोस्तों को मालूम हुआ कि वे किसकी बात कर रहे हैं ? लेकिन मैंने जान लिया और जब उसने लड्डू मेरी ओर बढ़ाये तो मेरे जी में आया कि उसके मुंह पर एक जोरदार थप्पड़ लगाऊं । लेकिन मैं गुस्सा पी गया और लड्डू नहीं लिये ।

'अरे, शादी के लड्डू हैं ।' दूसरे कारिंदे ने, जिसने लड्डुओं की टोकरी उठा रखी थी, कहा ।

'अपने बाप की शादी में खाये होंगे !' पहले कारिंदे ने जवाब दिया और मेरे साथ बैठे हुए मेरे सभी दोस्त खिल-खिलाकर हंस पड़े । मैंने कारिंदे का हाथ पकड़कर उसे नीचे गिरा दिया । तवायफ का गाना जोरों पर था और 'वाह-वाह' का शोर हवेली की छत फाड़ रहा था । इसलिए किसी ने मेरी तरफ नहीं देखा । जब वह उठने लगा तो मैंने कहा, 'तेरी मां की शादी में खाये थे, बेटा !'

कारिंदा खामोशी से दूसरी तरफ निकल गया ।

'कली, कमाल कर दिया तूने !' मेरे साथ बैठे हुए एक छोकरे ने

कहा, जो पहले मुझ पर हंसा था ।

रात को जब मैं वापस पहुंचा तो मेरा बाप और उसके साथी अभी तक नहीं आये थे । वे कहीं दारू पीने बैठ गये थे । मुझे उस रात बहुत देर तक नींद नहीं आयी । मैं कभी-कभी अपनी मां के चेहरे को देख लेता था जो मिट्टी के दीये की धुंधली-सी रोशनी में सचमुच ही बड़ी सुन्दर लग रही थी । जब आधी रात के करीब मेरा बाप वापस आया और नशे में धुत्त मां की चारपाई पर ही गिर गया, तो मैंने अपनी आंखें बंद कर लीं और करवट लेकर मुंह दीवार की ओर कर लिया ।

दूसरे दिन खेतों में काम करने वालों में यह खबर बिजली की तरह फैल गयी कि रात को मुजरा करने वाली औरत सुबह कहीं नजर नहीं आयी । उसे ठाकुर के महल के अंधेरे कमरे की दीवारें निगल गयी थीं ।

ठाकुर के ये खेत जिनमें हम सब लोग काम करते थे, किसी जमाने में बहुत बड़ा जंगल था जिसमें पेड़ तो इतने ज्यादा नहीं थे लेकिन जंगली जानवर बेशुमार थे । शाम के बाद लोग इस राह से नहीं गुजरते थे । ठाकुर रिछपालसिंह के पिता ठाकुर महीपालसिंह ने यह जंगल कौड़ियों के मोल खरीदा था । इस जंगल को साफ करवाने में पूरे तीन साल लगे थे । सैकड़ों मज़दूर यहां काम पर लगे रहे और उनमें से कई ऐसे भी थे जिन्हें जंगल की इस बंजर मिट्टी से प्यार हो गया था । ठाकुर तो खैर कभी-कभार ही आता था लेकिन उसके कारिंदे ने तो एक मज़दूर लड़की से बाकायदा शादी भी कर ली थी । वह लड़की अपने बाप का घर छोड़कर उस कारिंदे के घर चली गयी जिसकी एक पत्नी पहले से ही मौजूद थी । लेकिन यह तो ठाकुर घराने का रिवाज था । दो-चार तो पड़ी ही रहती थीं उनके यहां । जब उनमें से किसी के बच्चा हो जाता था तो असली झगड़ा शुरू हो जाता था । उस झगड़े में हार भी ठाकुरों की नहीं होती थी, क्योंकि वे अंग्रेज सरकार के बड़े स्वामिभक्त नौकर थे । इन सेवाओं के बदले में उन्हें अंग्रेज सरकार का संरक्षण प्राप्त था । लाख झगड़े हों लेकिन जीत उन्हीं की होती थी । यह कोई औरत साबित न कर सकी कि जो बच्चा उसकी कोख से पैदा हुआ है, वह ठाकुर का ही था । जब बात झगड़े तक पहुंचती तो सिद्ध होता कि बच्चे का बाप ठाकुर का कोई

कारिंदा था–साईस था या कोई मुंशी–मुसद्दी। ठाकुरों के परिवार में तो बच्चा कभी हुआ ही नहीं था। उनके यहां तो कई पुश्तों से गोद लेने की रस्म चली आ रही थी। खुद ठाकुर महीपालसिंह भी गोद लिया हुआ था और उसने आगे रिछपालसिंह को गोद लिया था। जब तमाम खानदान में कभी औलाद ही नहीं हुई तो वह औरत जो अदालत तक पहुंच गयी थी, कैसे कह सकती थी कि उसके बच्चे का बाप ठाकुर था ? इतना बड़ा इल्ज़ाम तो किसी तरह साबित नहीं हो सकता था। यह कभी हुआ भी नहीं। ऐसी घटनायें अक्सर होती थीं कि मां अपने बच्चे के साथ कुएं में डूब मरी थी। ठाकुर की जूठन चाटने की भी तो हिम्मत कहां थी किसी में ?

तीन साल के बाद जब सारा जंगल साफ हो गया और जंगली जानवर या तो दूर की पहाड़ियों में भाग गये या शिकारियों ने भून दिये तो एक दिन ठाकुर महीपालसिंह अपनी दो घोड़ों की बग्घी में उधर आया। उसके कारिंदे दो दिन पहले ही वहां पहुंच गये थे। ठाकुर ने स्वागत का पूरा प्रबंध करवा रखा था। ठाकुर की बग्घी जब रुकी तो सौ के लगभग मज़दूर हाथ जोड़े कतार में खड़े थे। ठाकुर बग्घी से उतरकर उनके सामने से गुजरा तो सबने सिर झुका दिये। ठाकुर के कारिंदों ने ऐसा ही समझा रखा था उन्हें।

उन बेघर मज़दूरों की भी एक पंचायत बनवा दी गयी थी। ठाकुर के कारिंदों में उनका एक सरपंच था।

'सरकार ! इन मज़दूरों की पंचायत से मिल लीजिए।' ठाकुर के बूढ़े मुंशी ने इस तरह एक्टिंग की जिस तरह पहले तय हो चुका था।

'जरूर मिलूंगा,' ठाकुर ने मज़दूरों के और निकट होते हुए उत्तर दिया। फिर ठाकुर महीपालसिंह के मुंशी ने सौ के करीब उन अनपढ़ मेहनतकश लोगों तयशुदा पांच नेताओं को ठाकुर के सामने पेश कर दिया। ठाकुर ने मुस्कुराकर सबसे हाथ मिलाया।

फिर मुंशी बोल उठा, 'सरकार, ये लोग यहां से तो जाना नहीं चाहते। ये तो इस जंगल को ही अपना घर बना चुके हैं।'

'हां, सरकार !' बेअक्ल मज़दूरों के नेताओं ने बड़ी अक्ल से जवाब

दिया ।

'लेकिन भई, अब यह जंगल कहां रहा है ? यहां तो एक बहुत बड़ा गांव बस सकता है ।'

'शौक से बनायें । असली मालिक तो यही लोग हैं इस जगह के ।'

'धन्य हैं आप, सरकार !' मज़दूरों के सरपंच ने उत्तर दिया ।

'मुंशीजी, जिस तरह ये लोग चाहें, आप इनसे फैसला कर लें । मुझे सब मंजूर है ।'

यह नाटक की रिहर्सल का अंतिम दृश्य था । इसके बाद मंच पर पर्दा गिर गया ।

जब ठाकुर महीपालसिंह की बग्घी वापस जाने लगी तो मज़दूर उसकी जय-जयकार कर रहे थे । उस शाम बहुत देर तक राग-रंग की महफिल जमी रही और सभी मज़दूर खुशी में झूमते रहे । मुंशी रामसुखदास के खेमे में अंग्रेजी शराब का दौर चलता रहा । ठाकुर महीपालसिंह ने अपने महल के अंधेरे कमरे के किवाड़ खोलकर अंदर झांका और फिर उन्हें धीरे से बंद कर लिया ।

कई रोज तक मुंशी रामसुखदास और मज़दूरों की पंचायत में बात चलती रही । पंचायत के सदस्य पूरी तरह से दलाली कर रहे थे । सौ के करीब मज़दूर बेजुबान भेड़ों की तरह दिन भर उस बंजर धरती में घूमते रहते या किसी पेड़ के नीचे ठकुराईन उन्हें संक्रांति, अमावस, एकादशी, पूर्णमासी–सभी ऐसे दिनों पर बुलाती और प्रसाद बांटती थी । इस तरह पंडित का ठाकुर की ड्योढ़ी में आना बना ही रहता था । यह पंडित वास्तव में ठाकुर के महल और बाहरी दुनिया के बीच एक पुल का काम देता था । इस पुल की मदद से महल और बाहरी दुनिया का अंतर कम हो जाता था । यही कारण था कि महल में जो कुछ भी होता था, उसे बाहर के लोग जान जाते थे और बाहर जो कोई विशेष बात होती, वह महल के अंदर पहुंच जाती थी । पंडित सिर्फ लोक और परलोक के बीच एक दूत ही नहीं था बल्कि समाज के एक वर्ग से दूसरे वर्ग और वर्गों की विभिन्न टीगों के बीच एक संदेशवाहक का कर्तव्य भी निबाहता था । वह भगवान को भी प्रसन्न रखता था और उसके भक्तों को भी । उसका

नाता खुदा से भी था और खुदा के बंदों से भी । वह हर जगह था और कहीं भी नहीं था । उसकी आवाज सब तक पहुंचती थी और जब चाहे, दूसरों की आवाज से अपने कान बंद भी कर सकता था । वह खुदासाज भी था और बंदानवाज भी । वह वैद्य भी था और बीमारियों को फैलाने वाला भी। वह ईसा भी था और मरीज भी । वह सब कुछ था जिसकी उस समाज को जरूरत थी जिसमें वह जी रहा था । वह जब तक चाहे जी सकता था और समाज को जिंदा रख सकता था । वह जब चाहे स्वयं तो अमर हो सकता था और समाज को तबाह और बरबाद कर सकता था। जितनी ताकत उसके पास थी, वह ठाकुर के पास भी नहीं थी जिसके दबदबे से लोग आतंकित थे । चाहे इस पंडित से लोग भयभीत नहीं थे, लेकिन यह सर्वशक्तिमान था और जब चाहे अपनी शक्ति का प्रदर्शन कर सकता था । वह शिव भी था, विष्णु भी और ब्रह्मा भी । वह इस ब्रह्माण्ड का स्वामी था जिसमें ठाकुर महीपालसिंह जी रहा था और उसका मुंशी रामसुखदास सांस ले रहा था । बेजुबान भेड़ें जिंदा थीं जो खामोशी से अपनी-अपनी खाल छिलवा रही थीं और समझती थीं कि इसमें उनकी मुक्ति है । पंडित ने ठाकुर को यह राय दी कि पूर्णमासी को जब सूर्य अस्त होने के साथ-साथ चंद्रमा उदय हो, वह अपने मज़दूरों को पैसे बांटे। यही सबसे अच्छा लग्न था । मज़दूर सदैव उसके परिवार के गुलाम बन जायेंगे और कम-से-कम एक शताब्दी तक उनके माथे पर से ठाकुर परिवार की गुलामी का टीका नहीं मिट सकेगा । अपने अंगूठे का निशान, जो वे क़र्ज़ की रकम लेते हुए कोरे कागज पर लगायेंगे, उसकी कालिख हमेशा-हमेशा के लिए उनके माथे पर जम जायेगी और उनकी आने वाली नस्लें भी हजार कोशिशों के बावजूद उस कालिख को अपने जीवन के पृष्ठ से नहीं खुरच सकेंगी ।

ठाकुर महीपालसिंह ने ठीक ऐसा ही किया ।

उसे ऐसा करना ही चाहिए था ।

पूर्णमासी के दिन सूर्य अस्त होने के कुछ ही समय पहले ठाकुर की बग्घी उस विशाल धरती के टुकड़े के पास पहुंची तो ठाकुर के साथ पंडित भी बग्घी से नीचे उतरा । मुंशी रामसुखदास और मज़दूरों की

पंचायत के सदस्य स्वागत के लिए खड़े थे और ज़रा परे हटकर सौ के करीब मज़दूर उस भुरभुरी मिट्टी पर बैठे थे, जहां उनकी ज़िंदगी का एक नया दौर शुरू होने वाला था। पंडित के गेहुंए माथे पर केसर का तिलक चमक रहा था जिसका रंग उस वक्त उस रंग से मेल खाता था जो क्षितिज पर फैल रहा था और जो इस बात का साक्षी था कि कुछ ही क्षणों में दुनिया-भर को प्रकाश और गर्मी देने वाला सूरज नजरों से ओझल हो जायेगा।

इधर भी एक सौ ज़िंदा ज़िंदगियों का सूरज समाज के क्षितिज पर कुछ देर तक चमककर डूब जाने वाला था। आकाश की विशालता में पिघलकर डूब जाने वाला सूरज तो बारह घंटों के बाद जीवन और उष्णता का संदेश लेकर आ जायेगा लेकिन एक सौ ज़िंदगियों का सूरज तो एक बार डूबकर फिर नहीं उदय होगा। शायद इनके अपने जीवन में एक बार भी नहीं।

ज्यों ही शुभ घड़ी आयी, पंडित ने अपने होंठों के साथ एक बड़ा-सा शंख लगाकर उसमें पूरे जोर से फूंक लगाई और कच्ची लस्सी से हर रोज ही धुलते सिंदूर लगे शंख से एक जोरदार आवाज़ वातावरण में गूंजी। शायद सैकड़ों बरस में यह पहली आवाज़ थी जो इस शांत और खामोश वातावरण में उभरी थी। उस आवाज़ की टूटती और उभरती हुई लहरें थरथराती रही थीं। यह आवाज़ एक नये जीवन का संदेश थी। इंसानों का एक गिरोह एक गैर-आबाद अजनबी धरती पर एक नयी ज़िंदगी का श्रीगणेश करने वाला था। शंख की गूंज बंद होते ही ठाकुर महीपालसिंह ने मज़दूरों को एक-एक सौ रुपये बांटने शुरू कर दिये। मुंशी रामसुखदास हर मज़दूर के बायें अंगूठे पर काली स्याही लगवाता जा रहा था और मज़दूरों के पंच कागजों को समेट रहे थे। फिर ठाकुर ने अपने पंडित को सौ रुपये दक्षिणा के तौर पर पेश किये और पंडित ने केसर का तिलक ठाकुर के चौड़े माथे पर लगाया। केसर का यह लम्बा तिलक जो ठाकुर के माथे पर लगा था, सबको नज़र आ रहा था लेकिन कुछ ही पल पहले हर मज़दूर की आत्मा पर जो काला टीका लगा था, वह किसी को नजर नहीं आया। एक तिलक एक विजेता की विजय का

चिह्न था और दूसरे लगभग एक सौ काले टीके उस पराजय और बेबसी के साक्षी थे जो हारी हुई मानव आत्माओं पर चिपका दिये गये थे। विजेता का तिलक मुस्कुरा रहा था और हारे हुए लोगों के टीके खामोशी से रो रहे थे। कोई उन आंसुओं को न देख सकता था। वे आत्मायें स्वयं खामोश थीं जिन पर काले स्याह टीके सुलग रहे थे।

ठाकुर की बग्घी जब वापस हुई तो सारे मज़दूर उसके इर्द-गिर्द इकट्ठे हो गये। इससे पहले कि साईस घोड़ों की लगाम ढीली करता और बग्घी चल पड़ती, ठाकुर ने हाथ जोड़ दिए और कहा, 'आज से इस धरती के मालिक तुम सब हो।'

'और हमारे मालिक आप, सरकार!' यह आवाज मज़दूरों के पंचों की थी जिन्होंने अपनी दलाली की पूरी रकम वसूल कर ली थी और अपनी जाहिल और बेबस बिरादरी को हमेशा के लिए एक शख्स के हाथ बेच दिया था। दोनों ही बातें ठीक थीं। उस उजाड़ और बंजर धरती के मालिक मज़दूर ही थे क्योंकि धरती का मालिक तो वही होता है जो उसकी मिट्टी में अपना पसीना बहाता है। इन खून-पसीना एक करने वाले सिरफिरों का मालिक तो वही होगा जिसने एक पूरा जंगल खरीदा था और उसे तीन वर्ष की अवधि में साफ करवाकर एक नया रूप दिया था। खेत-मज़दूर, खेत का मालिक होते हुए भी कुछ नहीं होते हैं। खेत तो ज़मींदार ही के अपने हैं और वही उनका मालिक होता है। वैसे ही, जैसे बहुत ही अच्छी नस्ल की घोड़ी अपने साईस के हर इशारे और अंदाज़ को समझती है और उसे ही अपना मालिक तसव्वुर करती है। लेकिन वह उस घोड़ी का मालिक नहीं, सिर्फ सेवक होता है, जो उसकी देखभाल करता है, उसको वक्त पर दाना खिलाता है, पानी पिलाता है, मालिश करता है, ब्रुश करता है। इतना सब कुछ होते हुए भी वह केवल एक नौकर ही होता है। घोड़ी का मालिक तो वही है जिसने उसे खरीदा है और जिसके अस्तबल की वह शोभा है। सेवक कभी स्वामी बना भी है? यह तो मालिकों के चोंचले हैं। अपने एक अदना सेवक को स्वामी कह दो और उसके शरीर से खून का आखिरी कतरा तक निचोड़ते रहो। यह तो ज़ागीरदाराना स्वभाव का ही एक पहलू है, इसके अलावा कुछ

नहीं ।

मज़दूरों को यह आज़ादी थी कि वे उन दस-दस लोगों को अपने गिरोह में से चुन लें जिन्होंने एक ही जगह पर अपनी झोपड़ियां बनानी थीं। कुछ दिन आपसी समझौते के इस बंटवारे में लग गये । जब दस-दस मज़दूरों की छोटी-छोटी टुकड़ियां बन गयीं तो ठाकुर के तयशुदा नक्शे के मुताबिक उन्होंने उस विशाल आयताकार धरती के टुकड़े की लम्बाई अथवा चौड़ाई पर अपनी-अपनी झोपड़ियां बनाने के लिए स्थान निर्धारित कर दिये । आयत की लम्बाई वाले दोनों बाजुओं पर तीन-तीन टुकड़ियों को अपनी दस-दस झोपड़ियां बनाने की जगह बता दी गयी और चौड़ाई वाले बाजुओं पर सिर्फ दो टुकड़ियों को । दस झोपड़ियों की हर आबादी के बीच लगभग आधा मील का अंतर रखा गया । सारा काम धीरे-धीरे हो रहा था । ठाकुर को भी जल्दी नहीं थी । अगर जानवरों को साधने में समय लगता है तो इंसानों को साधने में तो और भी समय लगना चाहिए क्योंकि इंसान वह जानवर है जिसे ईश्वर ने सोचने की ताकत भी दे रखी है और यह ताकत कई मामलों में एक रुकावट भी बन जाती है। जानवर किसी एक दिशा की ओर चल रहा है तो चलता ही जायेगा । रहट में जुता हुआ बैल, जिसकी आंखों पर पट्टी बंधी है, तमाम दिन एक ही दायरे में घूमता है, रुकता नहीं । रुकता है तो उसे फिर कोई हांक देता है और वह दुबारा घूमने लगता है । इंसानों के पास क्योंकि सोचने की शक्ति है, वह रहट में जुते होने पर भी रुककर सोच सकता है कि वह क्यों इस तरह निरुद्देश्य घूमे जा रहा है एक निर्धारित दायरे के अंदर । वह इस दायरे से बाहर क्यों नहीं निकल जाता और बजाय एक ही जगह पर चक्कर काटने के सीधा क्यों नहीं चल पड़ता ? फिर एक ही नपी-तुली गति से चलने के बजाय सरपट क्यों नहीं भागने लगता और वह जो सामने क्षितिज की सीमाओं पर एक सितारा चमक रहा है, उसके पास क्यों नहीं पहुंच जाता और आकाशगंगा को क्यों नहीं छू लेता और चांद को आकाश के हाथ से क्यों नहीं छीन लेता ? आखिर आकाश को क्या अधिकार है कि वह चांद की इस खुशनुमा तश्तरी को अपने ही कब्जे में रखे । यह सब इंसान की ही सोच का तो परिणाम है । इसलिए **शोषण की शक्तियां**

इंसान से नहीं डरतीं बल्कि उसकी बुद्धिमत्ता से डरती हैं । इंसान के दिमाग को दबा दो, वह अपाहिज हो जायेगा । उसकी सोच के अंदाज़ को गलत दिशा में डाल दो, वह नाकारा होकर रह जायेगा । यह क्रिया चाहे तो उस समय शुरू कर दो जब इंसान अभी तुतलाकर बोलने वाला और डर-डरकर कदम रखने वाला बच्चा हो या उसे उस वक्त शुरू कर दो जब वह कुछ फासला तय कर आया हो । परन्तु दिमागी तौर पर वहां खड़ा हो, जहां से उसने अपने सफर को शुरू किया हो । परिणाम एक-से ही होंगे ।

अपनी-अपनी झोपड़ी के लिए स्थान निश्चित कर लेने के उपरांत सभी मज़दूर अपने-अपने घर चले गये ताकि अपने बीवी-बच्चों को भी ले आयें और अपनी-अपनी झोपड़ियां जल्दी बना डालें । अब तो वहीं रहना होगा क्योंकि वे उस जगह के मालिक जो बन गये थे । मज़दूरों की पंचायत के मेम्बर भी चले गये । वे फिर कुछ दिनों में लौट आयेंगे । वह जो एक रौनक-सी आ गयी थी उस उजाड़ धरती पर, इन लोगों के जाने के बाद एकाएक खत्म हो गयी । मुंशी रामसुखदास भी शहर चला गया । जमींदार के दो-चार कमीन किस्म के आदमी वहां रह गये । रात को तो वे भी वहां नहीं रहते थे । ऐसा लगने लगा कि उस खुले मैदान में जैसे कुछ अरसा पहले बड़े घमासान का युद्ध हुआ हो और अब जैसे सभी महारथी चित हो गये हों और युद्ध के मैदान में एक रहस्यमय सन्नाटा छा गया हो। कई दिनों तक वहां यही आलम रहा । फिर गये हुए लोग धीरे-धीरे लौटने लगे। कुछ लोग तो अपने बीवी-बच्चों को भी साथ ले आये थे । लेकिन कुछ अकेले ही लौटे थे और कुछ ऐसे भी थे जो एक बार जाकर नहीं आये । शायद उनके दिमाग में कुछ संदेह थे जो दूर नहीं हो सकते थे। लेकिन जो लोग सिरे से ही गायब हो गये थे, वे मज़दूरों की पंचायत के मेम्बर थे । उन्होंने अपनी दलाली का उचित भाग ले लिया था और उन्हें अब यहां आकर बसने या काम करने में कोई दिलचस्पी नहीं थी । उन्हें तो सिर्फ अपने कुछ साथियों की जिंदगी ठाकुर के हाथ फरोख्त करनी थीं और वे हो चुकी थीं । अब वे किसी दूसरी जगह जायेंगे, जहां कोई और ठाकुर कौड़ियों के मोल खरीदा हुआ कोई जंगल

साफ करवाने के मंसूबे बना रहा होगा; जहां कुछ और भेड़ें बिकने को खामोश खड़ी होंगी; जहां उन्हें कुछ और रकम बतौर कमीशन मिलेगी और जहां से फिर वे किसी दूसरे स्थान की ओर चले जायेंगे, इसी क्रिया को दोहराने के लिए। इंसानों की तिजारत की यह प्रक्रिया तब तक जारी रहेगी जब तक कि ज़मींदारी की प्रथा कायम रहेगी और दलाली का पेशा चलता रहेगा और जो लोग जाहिल, अनपढ़ और मजबूर रहेंगे, उन्हें एहसास ही न होगा कि आज़ादी की क्या कीमत है और गुलामी की क्या लानतें ?

मज़दूरों के वापस आ जाने से जिंदगी एक बार फिर लौट आयी थी। धरती के इस टुकड़े पर शायद पहली बार औरतों के कहकहे गूंजे थे और उनकी पायलों की आवाज़ खनकी थी और उनकी मांगों का सिंदूर चमका था और बच्चों की किलकारियों की फुलझड़ियां फ़िज़ा में छूटी थीं और लड़कियों की कलाइयों में पड़ी कांच की चूड़ियां खनकी थीं। यही तो हैं जिंदगी के चिह्न ! दिल की धड़कन, कहकहों की गूंज, बच्चों की मुस्कुराहट, गालों की दमक, बालों की खुशबू और अब ज़िंदगी ने अपनी बांहें फैलाकर इंसानों की एक भीड़ को अपने में समेट लिया था। ज़िंदगी की बांहों में मजबूती भी थी और लचक भी। उसमें गर्मी भी थी और ठंडक भी। उसमें सूरज की ज्वाला भी थी और बर्फ की शीतलता भी। ज़िंदगी के यही विपरीत रूप ही तो उसे रंग, सुंदरता और आकर्षण प्रदान करते हैं।

पानी के लिए ठाकुर ने दो कुएं भी खुदवा दिये थे। कुएं खोदे भी तो इन्हीं लोगों ने थे जो धरती की कोख से फूटे हुए पानी का इस्तेमाल करेंगे और इसमें धुले कुंवारेपन की लज़्ज़त से आनन्दित होंगे। अब झोपड़ियां बनने लगी थीं। निर्धारित प्लान के अनुसार दस विभिन्न स्थानों पर ये छोटे-छोटे द्वीप उभर रहे थे। कुछ झोपड़ियां मुकम्मल भी हो गयी थी। मुंशी रामसुखदास के एक रिश्तेदार ने एक छोटी-सी दुकान भी बना ली थी, जहां वह आटा, तेल, घी, नमक, मिर्च, साबुन जैसी छोटी-मोटी चीजें इन लोगों को बेचने लगा था। अब तो जैसे एक ही स्थान पर दस छोटे-छोटे गांव बस गये थे। अब खुले नीले आकाश के नीचे धरती पर

बने हुए कच्चे चूल्हों से धुआं भी उठता था और रात को झोपड़ियों में कुछ देर के लिए चिराग भी जलते थे। यह सब यहां पहली बार हो रहा था वर्ना यहां चूल्हों से धुआं कब निकला था, चिराग़ कहां जले थे, अंधेरे में रोशनी कब हुई थी ? इससे पहले तो यहां सिर्फ एक विशाल और खामोश अंतराल था।

एक बार जब ठाकुर महीपालसिंह इधर आया तो यह देखकर हैरान रह गया कि इन अनघड़ लोगों में कितनी हिम्मत थी ! उनमें जिंदगी से टक्कर लेने का कितना हौसला था ! उसे एहसास हुआ कि ये तीन-चार सौ लोग जिनमें मर्द-औरतें, बच्चे-बच्चियां सभी शामिल थे, वास्तव में जिंदगी के वारिस थे और उसके भविष्य के रक्षक थे। जब तक ये लोग जिंदा थे, उनके बाजुओं में ताकत थी और दिमागों में अंधेरा था, ठाकुर की आने वाली कई पुश्तों को किसी किस्म का ख़तरा न था। जब उसने अपनी बग्घी में बैठे-बैठे ही अपनी सारी ज़मीन का चक्कर लगाया तो उसे ऐसा लगा, कि ये दस छोटी-छोटी इंसानी टुकड़ियां वास्तव में दस चौकियां थीं जो बड़े ही मुनासिब स्थानों पर बनायी गयी थीं और जिनके स्थापित हो जाने से अब बाहर का कोई भी तत्व अन्दर न आ सकेगा। उसकी ज़ागीरदारी पर किसी बाहरी ताकत का हमला न हो सकेगा। ये लोग उसकी प्रजा भी थे और उसके लश्कर के सिपाही भी। वे उसकी जागीर और उससे सम्बंधित हर चीज की इसलिए हिफ़ाज़त करेंगे क्योंकि उससे उनकी अपनी ज़िंदगी और उनके बच्चों की ज़िंदगी जुड़ी हुई थी। यह धरती एक मुख्य नाड़ी थी जिससे इन तीन-चार सौ इंसानों को ज़िंदा रहने के लिए खून मिलता था। ज़ब तक वे ज़िंदा रहना चाहेंगे, इस मुख्य नाड़ी की हिफ़ाज़त उन्हें करनी ही होगी। और वे ज़िंदा रहना जरूर चाहेंगे क्योंकि उनके पास और कोई इलाज न था। धरती के जिस हिस्से को छोड़कर वे यहां आये थे, वहां से उन्होंने अपनी जड़ें पूरी तरह से उखाड़ ली थीं। अब उन्हें अपनी जड़ें इस भुरभुरी मिट्टी में जमानी ही होंगी। अगर वे ऐसा नहीं करेंगे तो मिट जायेंगे और मिटना यकीनन वे नहीं चाहेंगे क्योंकि उनके बच्चों ने उनकी टांगों को मजबूती से जकड़ रखा था और उनमें इतनी हिम्मत नहीं थी कि वे उन सबको झटककर कहीं और

जा सकें । और फिर उन कोरे कागजों पर लगे उनके अपने अंगूठों के निशान तो वे बड़े-बड़े ताले थे जो उन्होंने अपनी-अपनी ज़िंदगी के मकानों पर लगा रखे थे । इन सब मकानों की चाभियां ठाकुर के हवाले कर रखी थीं जिसने वे तमाम चाभियां अपने महल के अंधेरे कमरे के अंदर दीवार में गड़ी एक कील से लटका दी थीं । शायद इसीलिए किसी मज़दूर को अपनी ताजी बनाई झोपड़ी में ताला लगाने की ज़रूरत नहीं थी। क्योंकि झोपड़ी के अंदर तो कुछ था ही नहीं । जो था, वह सब बाहर था-दिन की धूप, रात की चांदनी, सुबह की हवा, शाम की ठंडक । उनके बच्चे भी तो झोपड़ियों से बाहर ही खेलते रहते थे । उनकी घरवालियां भी तो झोपड़ियों से बाहर चूल्हा-चौका करती थीं । झोपड़ियों के अंदर तो केवल एक चिराग़ था जो रात को जलता था और इस बात का साक्षी था कि रोशनी जो सारा दिन झोपड़ियों के बाहर थी, अब एक दीये की लौ में सिमटकर अंदर आ गयी है ।

इस तरह वह भुरभुरी रेतीली मिट्टी जिसने अब तक कांटेदार झाड़ियों, बबूल, बेरियों और उस कबीले के दूसरे पेड़ों को जीवित रखा था, अब इन खेत-मज़दूरों के लिए एक नयी किरन ले आयी थी । ठाकुर महीपालसिंह ने आशा की एक नयी किरन दिखायी थी । अब वे इस रेतीली, कमजोर और बंजर धरती में हल चलायेंगे, बीज बोएंगे और अगर वक्त पर बारिश हो गयी तो यह बेकार और बंजर धरती सोना उगलेगी । यह सोना उन लोगों में भी तक़्सीम होगा जो इस धरती के ज़र्रों में अपनी ज़ान खपायेंगे । जब तक सोना हासिल नहीं हो जाता, सभी इस किस्म की बातें करते हैं । आज तक किसी बादशाह ने अपना सोना अपनी प्रजा में नहीं बांटा । सोना बांटने की चीज थोड़ी है । बांटने की चीज तो गम, दुःख और आंसू हैं । सोना तो तिजोरियों, तहखानों और अंधेरे कमरों में बंद होने की चीज है । उसे हवा और पानी की उपस्थिति में ज़ंग नहीं लगता । लेकिन फिर भी उसे हवा, पानी और धूप में नहीं रखा जाता । उसे अपनी ज़िंदगी के लिए केवल अंधेरे की जरूरत है । तहखानों की ज़रूरत है और तिजोरियों की आवश्यकता है । इसके बावजूद हर वह शख्स जिसके पास सोना हासिल करने की क्षमता है, यही कहता है कि उसका सोना सिर्फ

उसकी मालिकीयत नहीं । उसमें सब बराबर के हिस्सेदार हैं । लेकिन जब हिस्सा बांटने का अवसर आता है तो किसी को कुछ नहीं मिलता । चाहे वह हुंडियों की शक्ल में हो, चाहे सम्पत्ति के रूप में । चाहे जेवरों की शक्ल में हो, चाहे कारखानों के रूप में । सोना एक ही है, सिर्फ इसकी शक्लें बदल जाती हैं । रूप बदल जाने से स्वभाव थोड़े बदल जाता है । सोने का स्वभाव यही है कि वह अपने मालिक का वफ़ादार रहता है और उसे कभी नहीं छोड़ता । उससे कभी दगा नहीं करता । जितनी वफ़ादार यह चमकती हुई सुनहरी धातु है उतनी तो दुनिया में प्यार करने वाली कोई औरत भी नहीं हो सकती–वह महीवाल की सोहनी या रांझे की हीर क्यों न हो ? जब कभी किसी औरत का इस जिन्सी से समझौता हो जाये तो परिणाम बेहद ख़तरनाक और जानलेवा होते हैं । औरत और सोने में तो आदिकाल से शत्रुता है । ये दोनों चीजें एक साथ किसी के पास ज्यादा देर तक नहीं टिक सकतीं । या तो औरत रहती है, या सोना । हालांकि हक़ीक़त यह है कि कोई भी औरत बगैर सोने के नहीं रह सकती और सोना भी हरदम किसी रूपवती औरत के सामीप्य को तरसता रहता है ।

एक दिन दोपहर के बाद मुंशी रामसुखदास दर्जनों हल और कई जोड़ी बैल अपने साथ ले आया और उन्हें मज़दूरों की टुकड़ियों के हवाले कर दिया । उससे अगली सुबह उस कुंआरी धरती के सीने पर हल की पहली लकीर खींची जायेगी । उसकी मांग भरी जायेगी और आदि से कुंआरी चली आयी यह धरती एकदम सुहागिन बन जायेगी । औरत जब सुहागिन बन जाती है तो उसकी कोख से औलाद जन्म लेती है । उसी औलाद की वजह से औरत मां बनती है । धरती जब सुहागिन बन जाये तो वह फसलों को जन्म देती है और उसकी कोख से सुख और शांति फूटती है । फिर धरती मां बन जाती है । यह धरती तभी मां बन जायेगी जब इसकी कोख से औलाद जन्म लेगी । अगर औलाद होनहार और आज्ञाकारी होगी तो मां का नाम रोशन करेगी वर्ना कोई उसका नाम तक न लेगा । अगली सुबह को पौ फटने से पहले ठाकुर अपने ख़ानदानी पंडित को साथ लिये आ गया । उसकी बग्घी जब रुकी तो सभी खेत–मज़दूर उसकी ओर लपक पड़े । बैलों की जोड़ियों की गर्दनों में जुए

पड़े थे और हल का ऊपर वाला हिस्सा जुए के साथ बंधा था; मानो बैलों की जोड़ियां अभी धरती के सीने पर गहरी-गहरी लकीरें खींचना शुरू कर देंगी। ठाकुर ने जब अपने साथ खड़े खेत-मज़दूरों के उत्साह को देखा तो उसका मन खुशी से भर गया। पंडित ने आज भी शंख को पूरे जोर से बजाया और एक लम्बी, बीच-बीच में टूटती आवाज फ़िज़ा में गूंज उठी जिसे सुनकर बैल बिदकने लगे और झोपड़ियों में बैठी औरतें चौंक पड़ीं। फिर पंडित ने हर बैल के माथे पर सिंदूर का तिलक लगाया और मुंशी रामसुखदास ने सबको बताशों का प्रसाद बांटा। देखते-ही-देखते दर्जनों बैलों की जोड़ियां अपने-अपने खेत-मज़दूरों के साथ धरती की भुरभुरी रेतीली मिट्टी की ओर लपकीं और समानांतर लम्बी लकीरें खींचनी शुरू कर दीं। हरएक हल की हत्थी पर एक खेत-मज़दूर का मजबूत और सुडौल हाथ था। उसके मजबूत पांव भुरभुरी मिट्टी में धंसते जा रहे थे और जब सूरज की पहली सोना बिखेरती हुई किरनों ने इन गहरी-गहरी लकीरों को चूमा तो लगा, जैसे सारा ब्रह्मांड कुंआरी धरती के सुहागिन बन जाने पर खुश हो रहा है। मिट्टी की तहों में हलों के चमकते हुए फल धूप में चमकते तो लगता, जैसे पूरा लश्कर अपने चमकते हुए भाले ताने दुश्मन पर टूट पड़ा हो। यह इंसान की पहली जंग थी अपने वातावरण और परिस्थितियों के विरुद्ध। युद्ध तो कड़ा था ही, लेकिन लड़ने वाले भी बड़े जीवट और दृढ़-निश्चयी लोग थे। इंसानों का यह लश्कर आखिर युद्ध जीत गया, परिस्थितियां हार गयीं और इनके साथ ही डर का वह भाव भी हार गया जो युद्ध के मोर्चों पर सदा दबे पांव सबकी नजरों से बचकर सिपाहियों के करीब पहुंच जाता है और उनके कानों में मौत की सरगोशियां करता है। ज़ंग में इतने सिपाही गोलियों और संगीनों से नहीं मरते जितने खाईयों की सीलन भरी गहराईयों में बेनाम मर जाते हैं। वे जंग के मोर्चे पर शहीद नहीं होते बल्कि आतंक की दहलीज पर कुढ़-कुढ़कर दम तोड़ देते हैं। लेकिन यहां इस मोर्चे पर किसी सिपाही के कानों तक खौफ की कोई सरगोशी न पहुंच सकी। उनके कानों में तो चमकते सींगों वाले नागोरी बैलों की गर्दनों में रंगदार डोरी से बंधी पीतल की घंटियों का संगीत था और शंख की वह ऊंची, गूंजती हुई

आवाज़ थी जो अब तक फ़िज़ा की लहरों में जज्ब हो रही थी । यह आवाज़ इंसान की हालत पर विजय का संदेश थी । यह गूंज उस नक्कारे की थी जो एक नयी सुबह की प्रतीक थी । यह आवाज़ रोशनी की अंधेरे पर विजय की अभिव्यक्ति थी । और जब सूरज की भरपूर रोशनी मीलों तक फैले इस चटियल मैदान पर पड़ी तो लगा, जैसे धरती आंखें मलकर कसमसा रही है और आंखें खोल रही है और इतने ढेर सारे लोगों को पहचान रही है जो उसके लिए एक रोशन और आनंदमय भविष्य का संदेशा लेकर आये हैं ।

उस शाम खुलकर घटा बरसी और सुहागिन धरती का अंग-अंग निखर गया । उसका कौमार्य संवर गया । उसे लगा कि उसके मां बन जाने का क्षण आ गया है । यही उसकी पूर्णता का चिह्न था । मज़दूरों की झोपड़ियों से औरतों के संगीत की गूंजें उभर रही थीं । जैसे वे सुहागिन धरती की खुशी में शरीक हो रही हों । उन्हें मालूम था कि औरतों के राज सिर्फ औरतें ही जानती हैं, मर्द नहीं । मर्द को तो मालूम ही नहीं कि मां बनने तक औरतों को किन-किन मंजिलों से गुजरना पड़ता है । एक औरत जो बातें किसी दूसरी अजनबी औरत से कह सकती है, अपने घरवाले से भी नहीं कह सकती । हालांकि वह उसके शरीर के एक-एक कोण से परिचित होता है । कोई मर्द औरत के जिस्म से तो परिचित हो सकता है, उसके दिल से नहीं । औरत का दिल एक ऐसा तहखाना है जिसमें कोई भी मर्द नहीं उतर सकता । अगर कभी दबे पांव कोई इस तहखाने में उतर सकता है तो वह कोई औरत ही हो सकती है । वह उसकी सहेली हो या सेविका । पड़ोसिन हो या नौकरानी । मर्द को कभी यह अधिकार नहीं मिला और न कभी मिलेगा ही । औरत मर्द के सामने अपने शरीर के राज रख सकती है, अपने दिल का तहखाना नहीं । चाहे वह मर्द फरहाद हो, शाहजहां हो या एडवर्ड सप्तम ।

फिर एक दिन खेत-मज़दूरों ने उस बहुत बड़े मैदान की सरहद पर खड़े होकर देखा तो कुछ ही रोज पहले वाला चटियल मैदान हरा-भरा बन चुका था । गेहूं की शबनम से धुली मुटठीभर ऊंची फसल धूप की पहली किरनों में चमककर अजब बहार दे रही थी । उनके दिल हौसले और

खुशी से खिल उठे । जैसे रात-भर जो शबनम फसल की हरियाली पर गिरती रही, वह उनके दिलों को भी धो गयी और अब सुबह की धूप में सिर्फ हरी-भरी फसल ही नहीं चमक रही थी बल्कि उनके दिलों के आंगनों में भी ऐसी ही धूप चमकती रही और मर्द, औरतें और बच्चे सभी लगन और जी-जान से मेहनत करते रहे । फिर एक दिन फसल जवान हो गई और जब तेज धूप पड़ी तो गेहूं की सरसब्ज बालियों में कच्चे-कच्चे दूधिया दाने पकने लगे और फिर फसलों का रंग बदलते- बदलते सोने का रंग बन गया । बालियों में कच्चे दानों के जगह-जगह खलिहान बनने लगे और अशर्फ़ियों के अंबार लग गये । उन खेत- मज़दूरों ने सोने के इतने बड़े अंबार ज़िंदगी में पहली बार देखे थे ।

जिस समय मेरे बाप रामफल ने अशर्फ़ियों का इतना बड़ा अंबार देखा, उसके फौरन बाद ही 'मैं' से जो मेरा रिश्ता था, वह एकदम टूट गया । मेरा अपना व्यक्तित्व एकदम मुझसे अलग हो गया था । मैं अब मैं नहीं रहा था बल्कि कलीराम बन गया था । एक तीसरा आदमी, जो ज़िंदगी को एक तमाशाई की तरह देखने लगा था । मेरा वुजूद एकदम अलग और अजनबी बन गया था । मेरे वुजूद से एक और हस्ती ने जन्म ले लिया था जिसका नाम कलीराम था, जिसे बदलते हुए हालात और माहौल ने पैदा किया था ।

उस शाम मेरा नहीं, बल्कि कलीराम का बाप रामफल अपनी कच्ची झोपड़ी की दीवार से लगकर पहली बार रोया था । उसे स्वयं नहीं मालूम था कि वह क्यों रो रहा है ? उसके आंसुओं को किसी ने नहीं देखा था—उसकी बीवी भागो ने भी नहीं । वह आज तक कभी किसी के सामने नहीं रोया था । उस समय भी नहीं, जब एक बार उसका झगड़ा गांव के नंबरदार के छोकरे से हुआ था जिसने कुएं पर पानी भरती हुई एक हरिजन लड़की को छेड़ा था । उस झगड़े में उसके सिर और कंधे पर गड़ासे के बड़े गहरे घाव आये थे और वह दर्द से तड़पता रहा और भागो रात-भर उसके ज़ख्मों पर घी में हल्दी जलाकर रुई के फाहे रखती रही थी । रामफल कड़े-से-कड़े वक्त में भी नहीं रोया था । लेकिन आज वह सबसे अलग, शाम के धुंधलके में, झोपड़ी के साथ लगे क्यों रो रहा

था ? जबकि उसके सभी साथी खलिहानों के करीब नाच रहे थे और खुशी से पागल हो रहे थे । अशर्फ़ियों के अंबार देखकर तो सभी नाचते हैं, रोता कौन है ?

लेकिन रामफल सचमुच रो रहा था ।

एक बार वह तब रोया था, जब उसका ब्याह हुआ था और भागो पहली बार उसके घर आयी थी । वह उस रोज़ भी रोया था, जब कोई साल-भर बाद उसका पहला लड़का कलीराम पैदा हुआ था । रामफल बड़ा भावुक मनुष्य था ।

जब भी कोई अनहोनी बात होती, उसके मन में उथल-पुथल होने लगती और उसकी आंखों में आंसू आ जाते ।

भागो का उसके घर आ जाना अप्रत्याशित था क्योंकि वह बहुत गरीब था और उसका बाप मर चुका था । ग़रीब और यतीम आदमी के घर इतनी सुंदर और सुघड़ बीवी कैसे आ सकती थी ? वह शादी की पहली रात को रोया था क्योंकि उसने अचानक भागो के चेहरे की एक झलक देख ली थी ।

जब भागो पेट से हुई तो यही कहती रही कि उसके यहां लड़की होगी । लड़कियों से रामफल को चिढ़ थी क्योंकि उनके लिए लड़के तलाश करने पड़ते हैं और फिर उन्हें अपने घर से विदा करके दूसरों के घर भेजना पड़ता है । उसे यही यकीन हो गया था कि भागो अपने जैसी तीखे नैन-नक्श वाली लड़की को ही जन्म देगी । लेकिन जब करमो नाईन ने, जो गांव की सभी औरतों के जनापे में उनके काम करती थी, कोठरी के किवाड़ को जरा-सा खोलकर यह वाक्य उछाला, 'रामफल ! छोरा हुआ है, लड्डू खिलाओ ।' तो रामफल की आंखों में आंसू भर आये थे क्योंकि यह एक अप्रत्याशित बात थी जिसके लिए वह तैयार न था ।

वह दिमाग़ी तौर पर इस हादसे के लिए भी तैयार न था कि एक दिन उसकी आंखों के सामने हजारों मन अनाज के दाने होंगे जबकि वह ज़िंदगी-भर एक मुट्ठी दाने को तरसता रहा था । उसे जाने कैसे यह एहसास था कि अगर इन हजारों मन अनाज के दानों में से उसने मुट्ठी-भर दाने भी उठाने की कोशिश की तो कोई आगे बढ़कर उसका हाथ

काट डालेगा । उसे जाने क्यों अपने दायें हाथ की उंगलियों में शदीद दर्द महसूस होने लगा था जिससे उसने हल की हत्थी को बड़ी मजबूती से पकड़कर जमीन में हल चलाया था । फिर बीज बोया था । फिर गोड़ाई की थी । फिर फसल को काटा था । फिर उसे खलिहान में जमा किया था । यह सब कुछ उसने अपने दायें हाथ से ही किया था और जब उसे यह एहसास हुआ कि कोई उसके दायें हाथ को काट भी सकता है, तो उसकी आंखों में आंसू आ गये थे । यह हाथ, जो इतने मुश्किल काम कर सकता है और दुनिया की तक़दीर संवार सकता है, कभी कट भी सकता है–यह बात उसकी समझ से बाहर की थी । इसीलिए वह शाम के धुंधलके में अपने आंसू उंड़ेल रहा था । वह रो रहा था और उधर दूर ढोलक की थाप पर उसके साथी गा रहे थे और खुशी में नाच रहे थे। फिर खलिहान उठ गये और उनमें जमा सैकड़ों मन अनाज की अशर्फ़ियों को समेटते वक्त मुट्ठी-भर अशर्फ़ियां हर खेत-मज़दूर को भी दे दी गई थीं । दस-दस सेर अनाज हर खेत-मज़दूर को दिया गया था । सभी खुश थे । ठाकुर कितना विशाल हृदय का आदमी था ! उसे अपनी प्रजा का कितना ख्याल रहता था ! इस दस-दस सेर अनाज को सभी मज़दूरों ने बड़ी एहसानमंदी से क़बूल किया और मुंशी रामसुखदास का हाथ जोड़कर शुक्रिया अदा किया जिसने उन सब में यह अनाज तक़्सीम किया था । लेकिन रामफल ने मुंशी को सिर्फ आंख भरकर देखा ही था, मुख से एक शब्द तक न कहा था । भागो ने भी एक मैली चादर में दस सेर अनाज डलवा लिया और मुंशी का शुक्रिया अदा किया और अपने बेटे कलीराम को भी हाथ जोड़ने के लिए कहा था ।

'इसे भी क्यों हिजड़ा बना रही हो ?' रामफल ने भागो को डांटा था ।

रामफल ! मैं तो भूल ही गया था, तुम्हारे लिए ठाकुर ने बीस सेर अनाज देने को कहा था । मुंशी ने बड़ी होशियारी से जवाब दिया ।

इस जवाब के पीछे क्या चाल थी, भागो न समझ सकी, लेकिन रामफल समझ गया । समझने के बावुजूद वह खामोश रहा और देखता रहा कि मुंशी ने दस सेर गेहूं के बजाय बीस सेर गेहूं मिट्टी के फर्श पर

फैली पुरानी मैली चादर पर उड़ेल दिये हैं। फिर मुंशी जल्दी से चला गया और रामफल ने एक भरपूर थप्पड़ कलीराम के गाल पर जड़ दिया।

'साला हाथ जोड़ता है, मुट्ठी भर अनाज के लिए !'

कलीराम बिलबिलाकर रोने लगा और भागो ने उसे अपने साथ चिपटाते हुए रामफल से कहा, 'तुम्हारे ये पागलपन के दौर कब ठीक होंगे ?'

ˆt c bu झोपड़ियों में आग लग जायेगी।' यह जवाब देते हुए वह अपनी झोपड़ी की हद से बाहर निकल गया और उस तरफ चल पड़ा, जहां उसका किसी से सामना होने की आशंका नहीं थी।

मुंशी रामसुखदास चला गया और उसके जाने के बाद खेत-मज़दूरों ने अपने-अपने हिस्से के अनाज को अपना एक कीमती सरमाया समझते हुए सुरक्षित कर लिया। एक रामफल था जिसका दिमाग़ वाकई खराब था। उसने बीस सेर गेहूं को उसी मैली चादर में बांधा और उठाकर उसी ओर ले गया, जहां बैलों की जोड़ियां बंधी थीं और उस अनाज को बैलों की कच्ची नांदों में डालता गया और आगे चलता गया। जब उसकी मैली पुरानी चादर खाली हो गयी तो उसे लेकर अपनी झोपड़ी में वापस आ गया।

'इस बीस सेर अनाज से हमारी महीना भर गुजर हो सकती थी।' भागो ने टोका था।

'गुजर तो उम्र-भर हो सकती थी।'

'तो फिर बैलों को क्यों खिला दिया है सारा अनाज ?' वह बोली।

'इसलिए कि उसमें घुला नमक कलीराम की रगों में न घुल सके।'

'और जो नमक तुम्हारे खून में घुला है ?'

'उसे जोंके लगवाकर निकलवा दूंगा।' रामफल ने जवाब दिया और भागो खामोश हो गयी। वह जानती थी कि रामफल से बहस करने का कोई फायदा न होगा।

रामफल अपने जिस्म का गंदा खून निकलवाने के लिए स्वयं तो जोंकें न लगवा सका, लेकिन ठाकुर के कारिंदे छोटी-छोटी जोंकों की तरह उसके शरीर से चिपट गये और उसकी रगों में दौड़ते गंदे खून के

बजाय जिस्म में घुलते हुए सुर्ख ताजा खून को धीरे-धीरे चूसते रहे । फिर एक वक्त ऐसा आ गया, जब रामफल के जिस्म में गंदा खून तो क्या, साफ और ताज़ा खून भी खत्म हो गया । जिस खून की गर्मी से उसके दिमाग़ में कभी-कभी बगावत का जज़्बा उभरता था, वह खून न रहा और वह गर्मी भी न रही । जब खून की गर्मी जाती रही तो उसके दिमाग़ में उभरते हुए गर्म ख्यालात भी ठंडे पड़ गये ।

फसलें अब भी जवान होती थीं । उनमें दानों की बालियां भी लगती थीं । फसलें पककर कटती भी थीं । कटी हुई फसलों के अंबार भी लगते थे । खलिहानों में अनाज की अशर्फ़ियों के ढेर भी लगते थे । फिर वे ढेर गायब भी हो जाते थे । अनाज खेत-मज़दूरों को अब भी मिलता था, लेकिन पहले की तरह मुंशी रामसुखदास के हाथ से नहीं । अब खेत-मज़दूरों की घरवालियां खलिहानों में भूसे की तहों में पड़े अनाज को टटोल-टटोलकर निकालती थीं और उसे अपनी फटी-पुरानी चादरों में डालकर झोपड़ियों में ले जाती थीं । एक दिन जब भागो दिन-भर की मेहनत के बाद तीन-चार सेर अनाज अपनी ओढ़नी में बांधे ला रही थी और उसके साथ कलीराम भी था तो रास्ते में रामफल मिल गया । लेकिन उसने भागो को टोका नहीं । वह पास से गुजर गई तो रामफल ने उसे आवाज देकर कहा, 'मैं देर से लौटूंगा ।'

'क्यों ?' उसने पलटकर पूछा ।

'मुझे अभी खेत में काम है ।' यह कहते हुए रामफल ने भागो को गौर से देखा । भागो के तो कुछ ही रोज में बच्चा होने वाला था और उसने उस तरफ कभी ध्यान ही न दिया था । अब वह घर जाकर उससे कहेगा कि वह इस तरह बेकार अपनी जान रुलाया न करे ।

जब वह देर से घर पहुंचा तो भागो सो गयी थी । कलीराम भी सो गया था । एक सिर्फ वही जाग रहा था । वह बिना कुछ खाये-पिये ही खाट पर पड़ गया और देर तक ऊटपटांग बातें सोचता रहा ।

अगली सुबह जब वह खेतों में जाने लगा तो भागो से बोला, 'अब तुम खेतों में मत जाया करो । मैं और कलीराम दोनों मिलकर तुम्हारा काम भी निबटा दिया करेंगे ।'

जब उस दिन ठाकुर के कारिंदे ने मुस्कुराते हुए पूछा, 'रामफल, आज भागो क्यों नहीं आयी काम पर ?'

'उसकी तबीयत ठीक नहीं ।'

'क्यों ? क्या हुआ उसे ?'

'बच्चा होने वाला है ।'

'बहुत बच्चे होने लगे हैं तुम्हारे ? अभी साल-भर पहले तुम्हारी लड़की हुई थी ।'

'यह किसी के बस की बात थोड़ी ही है ।' रामफल ने जवाब दिया ।

कारिंदा आगे निकल गया ।

समय ने रामफल को कितना बदल दिया था ! अब ठाकुर के कारिंदे उसे जान-बूझकर छेड़ते थे और वह ख़ामोश रहता था । जैसे उनकी बातों का अब उस पर कोई असर नहीं होता हो । वक़्त गुज़रता गया तो अपने साथ और भी बहुत कुछ बहा ले गया । लम्हों के इस तूफ़ान में ठाकुर महीपालसिंह भी बह गये ।

एक सुबह यह ख़बर आग की तरह फैल गयी कि ठाकुर महीपालसिंह अब नहीं रहे । खेत-मज़दूरों पर जैसे बिजली गिर पड़ी हो। सारी झोपड़ियों में मातम छा गया ।

सभी खेत-मज़दूर ठाकुर के महल की ड्योढ़ी के बाहर जमा थे । सारा शहर उमड़ आया था । ठाकुर की अर्थी जब ड्योढ़ी से बाहर निकली तो सभी मज़दूर हाथ जोड़कर एक कतार में खड़े हो गये । सभी की आंखों में आंसू थे । सभी रो रहे थे । अगर कोई नहीं रो रहा था तो वह रामफल था और उसका लड़का कलीराम जो उसके साथ ही शहर आ गया था । उसे ठाकुर की मौत का अफ़सोस नहीं था । उसे तो सिर्फ़ शहर आने का चाव था । लोग ठाकुर की अर्थी देख रहे थे । कलीराम सिर्फ़ भीड़ को देख रहा था । इतनी भीड़ तो उसने आज तक न देखी थी । रामफल तो एक ऐसी मन:स्थिति में था, जहां उसकी आंखों में आंसू भी सूख गये थे । उसका एहसास तो जैसे जमकर पत्थर बन चुका था ।

'यह आगे-आगे धोती बांधे और हाथ में लोटा पकड़े कौन चल रहा

है ?' कलीराम ने अपने बाप से पूछा ।

'छोटा ठाकुर ।'

'ठाकुर भी दो होते हैं–एक बड़ा, एक छोटा ?'

'नहीं, इनमें से कोई छोटा-बड़ा नहीं । दोनों के डंक एक-से हैं ।'

'डंक तो बिच्छुओं के होते हैं । झोपड़ियों में कितने बिच्छू निकल आते हैं शाम को !'

'डंक आदमियों के भी होते हैं ।'

'तुम्हारा डंक कहां है ?' कलीराम ने बड़े भोलेपन से पूछा ।

'वह कट चुका है ।'

इसी बीच ठाकुर की अर्थी आगे निकल गयी और भीड़ के रेले ने रामफल और कलीराम को एक-दूसरे से अलग कर दिया । अर्थी और आगे निकल गयी और रामफल भीड़ में अपने बेटे को तलाश करता रहा । जब कलीराम उसे मिला, तो रो-रोकर उसका बुरा हाल हो रहा था । ऐसा लगता था, जैसे तमाम भीड़ उसके ऊपर से गुज़रती रही और वह राह में पड़ा कराहता रहा हो ।

'चलो, वापस चलें ।' कलीराम ने सिसकते हुए कहा ।

रामफल अपने लड़के को साथ लेकर शाम तक वापस पहुंच गया । दूसरे खेत-मज़दूर काफी देर में लौटे थे । उससे अगले रोज भी कोई काम पर न गया । बैल खूंटों में बंधे अपनी नांदों को देखते रहे और खेत-मज़दूरों के हाथों के स्पर्श को तरसते रहे । लगता था, जैसे ठाकुर की मौत के साथ ही ज़िंदगी का तमाम कारोबार भी बंद हो गया हो । अब न कहीं क़हक़हा गूंजता था, न पायल झनकती थी । शाम को न कहीं ढोलक की थाप सुनायी देती थी और न ही श्रीरामचरितमानस की कोई चौपाई ही फ़िज़ा में उभरती थी । अजीब सन्नाटा छाया रहा तमाम वातावरण पर कई दिनों तक ।

फिर एक दिन मुंशी रामसुखदास उधर आया और उस ने खबर दी कि छोटे ठाकुर इधर आने वाले हैं । अब ज़मीन और ज़ायदाद संभालने की ज़िम्मेदारी छोटे ठाकुर पर जो आ पड़ी थी । उसी दिन दोपहर के बाद छोटा ठाकुर जिसका नाम रिछपालसिंह था, उसी जानी-पहचानी बग्घी में

सवार अपने खेत देखने आया । सभी खेत-मज़दूर और उनकी घरवालियां और बच्चे कतार में उसके स्वागत को खड़े थे । ठाकुर के कारिंदों ने रामफल को ही उसके गले में फूलों का हार डालने को कहा । वे लोग रामफल से अपना बदला ले रहे थे और रामफल चुपचाप उन्हें बदला लेने दे रहा था । छोटे ठाकुर की उम्र कोई ज्यादा नहीं थी लेकिन शक्ल-सूरत से वह बड़ा तेज़-तर्रार नजर आता था । कलीराम ने उसे देखा तो पहचान लिया । कुछ दिन पूर्व जब बड़े ठाकुर की अर्थी के आगे-आगे चलते हुए उसने उसे देखा था तो पहचान नहीं पाया था । उस समय तो उसके कपड़े भी दूसरे थे और चेहरे पर भी मुर्दनी छायी हुई थी । एकदम भोंदू लगता था उस समय । लेकिन आज तो वह बिल्कुल बदला हुआ लग रहा था। जब वह बग्घी से उतरकर सबके पास से गुज़रता हुआ कलीराम के सामने से गुज़रा तो कलीराम ने उसे सलाम तक न किया । टुकुर-टुकुर उसकी ओर देखता रहा ।

'यह छोकरा कौन है ?' उसने मुंशी से पूछा ।

'खेत-मज़दूर रामफल का लड़का है, सरकार !'

'रामफल कहां है ?' छोटे ठाकुर ने पूछा ।

'उसी ने तो आप के गले में हार डाला था, सरकार ।'

'बुलाओ उसे ।'

रामफल को बुलाया गया ।

'इस छोकरे को जानते हो ?' छोटे ठाकुर ने कलीराम की ओर इशारा करते हुए पूछा ।

'जी हां, मेरा लड़का है, सरकार !' रामफल ने उत्तर दिया ।

'कोई काम-वाम नहीं करता है क्या ? आवारा नज़र आता है ।'

'छोकरा तो शरीफ़ है, सरकार ।' मुंशी ने कहा ।

'तो इसका नाम भी अपनी लिस्ट में लिख लो ।'

'कहां लिख रहे हो इसका नाम, मुंशी जी ?' रामफल ने पूछा ।

'अपने नये खाते में ।'

'इसने तो क़र्ज़ा नहीं लिया तुम्हारे से ।'

'यह भी लेगा, रामफल । तुम चिन्ता मत करो ।' यह कहते हुए

ठाकुर आगे निकल गया ।

यों बढ़ते-बढ़ते छोटा ठाकुर एक छोकरी के पास रुक गया ।

'यह लछमी है, सरकार !' मुंशी बोला ।

'सचमुच लछमी है । कौन है इसका बाप ?'

'अमरू की छोकरी है, सरकार !'

'इसका नाम भी नयी लिस्ट में लिख लो ।' ठाकुर एक ललचायी नज़र उस जवान और सुंदर लड़की पर डालता हुआ आगे निकल गया ।

शाम को छोटा ठाकुर जब शहर लौटा तो मुंशी से बोला कि वह लछमी पर नजर रखे ।

कुछ दिनों के बाद बड़े ठाकुर की मौत की भांति एक और खबर आग की तरह सभी झोपड़ियों में फैल गयी । लछमी शाम तक तो खेतों में थी, उसके बाद कहीं नज़र न आयी । खेत-मज़दूर मशालें जला-जलाकर दूर-दूर तक खोज कर आये । खेतों की सीमाओं से निकलकर पहाड़ियों के आंचल तक । लगता था, जैसे उसे ज़मीन निगल गयी थी । फिर रात को आधे से ज्यादा मज़दूर शहर पहुंचे और ठाकुर के महल की ड्योढ़ी पर खड़े तकाजा करते रहे । बहुत देर बाद ठाकुर बाहर आया और बड़े सख्त स्वर में बोला, 'क्यों भीड़ लगा रखी है महल के सामने इस वक्त ?'

'अमरू की लड़की लछमी शाम से गायब है, सरकार !' रामफल ने आगे बढ़कर जवाब दिया ।

'तुम्हारा आवारा लड़का ही भगाकर ले गया होगा उसे ।' ठाकुर के ये शब्द सुनकर रामफल सकते में आ गया ।

'क्या कह रहे हैं आप ?' रामफल ने चीखते हुए कहा ।

'ठीक कह रहा हूं । थाने में रपट लिखवा दी गयी है । जाकर मालूम कर लो ।'

सारे मज़दूर फटी-फटी आंखों से ठाकुर को देख रहे थे और रामफल यों खड़ा था, जैसे उस पर फ़ालिज गिर गया हो ।

'यह क्या करवा दिया, रामफल !' अमरू चीखकर रामफल पर टूट पड़ा ।

दूसरे मज़दूर बीच-बचाव न करते तो जाने क्या हो जाता ?

महल की ड्योढ़ी का दरवाजा बंद हो गया और खेत-मज़दूर गर्दनें लटकाये हुए वापस चले आये। सिर्फ रामफल, अमरू और पांच-सात मज़दूर पुलिस थाने का पता पूछते-पूछते वहां पहुंचे। मालूम हुआ कि कलीराम हवालात में बंद था और पुलिस के सिपाही उसे पीट रहे थे।

'मेरा लड़का बेगुनाह है, थानेदार साहिब !' रामफल ने गिड़गिड़ाते हुए कहा।

'अगर सुबह तक लड़की बरामद न हुई तो तुम्हारे लड़के की खाल उधेड़ दूंगा।' थानेदार ने कड़ककर कहा।

'लेकिन वह लड़का ऐसा नहीं है, हुजूर !' एक खेत-मज़दूर ने हाथ जोड़कर कहा।

'तो उसका बाप ऐसा होगा।'

थानेदार गालियां बकता रहा और रामफल के सिर पर बंधी छोटी-सी पगड़ी को खोल देने की हद तक खींचते हुए एक सिपाही से बोला, 'इस बुड्ढे को भी बंद कर दो और पिटवाओ इसे बदमाश बेटे से।'

दो सिपाही रामफल को भी बाजुओं से खींचकर थाने के अंदर ले गये। उसके साथ आये हुए खेत-मज़दूर और लछमी का बाप अमरू तमाम रात थाने के बाहर खड़े रहे। उनकी समझ में कुछ भी न आ रहा था।

रामफल और उसका बेटा कलीराम कई दिनों तक हवालात में बंद पुलिस की मार खाते रहे। भागो सिपाहियों की भूखी नज़रों का मुकाबला करती रही और अपने घरवाले और जवान बेटे का मुंह तक न देख सकी।

एक शाम जब कुछ मज़दूर खेतों में पानी देने के लिए कुएं की तरफ़ गये तो वहां उन्हें एक लाश दिखाई पड़ी। वह लछमी की लाश थी जो इतने दिन से लापता थी। रात-भर मज़दूरों की झोपड़ियों में कोहराम मचा रहा और लछमी का बाप अमरू और उसकी मां अपनी जवान बेटी की लाश के सिरहाने बैठे तमाम रात आंसू बहाते रहे। अगले दिन जब लोग लछमी की लाश को जलाकर वापस आ रहे थे तो रामफल और कलीराम हवालात से छूटकर घर लौटे थे। यह बात अब छिपी न रही थी कि लछमी को ठाकुर के आदमियों ने ही अगवा किया था और ठाकुर

ने ही उसे मरवा भी दिया लेकिन हुआ कुछ भी नहीं ।

हुआ सिर्फ़ यह कि मुंशी रामसुखदास बहुत दिनों तक उधर नहीं आया। ठाकुर ने महीनों तक किसी को शक्ल न दिखाई । अमरू और उसके कुछ और साथी अपनी झोपड़ियों को छोड़कर कहीं न जा सके, उनकी अपनी मजबूरियां थीं और ऐसे ही लोगों में रामफल भी था और उसका बेटा कलीराम था और उसकी बीवी भागो थी, जिसकी गोद में एक लड़की भी थी। उनके पास कोई ऐसा ठिकाना नहीं था, जहां वे सब कुछ छोड़कर जा सकते थे। उनके पांव में मजबूरियों की बेड़ियां थीं और हाथों में निर्धनता की कड़ियां । वे मज़बूरन वहां रुक गये थे । लेकिन उनके दिल उखड़ चुके थे । बहुत देर तक ये लोग भी अपने-आप पर क़ाबू न रख सके और आखिर एक दिन रामफल, भागो और कलीराम अपनी झोपड़ी खाली करके अपना थोड़ा-सा सामान सिर पर उठाये ख़ामोश हारे हुए-से नज़रें झुकाये खेतों की सीमाओं से बाहर निकल आए। अब यह क़ैद उनसे बरदाश्त न होगी । उनकी झोपड़ी तो जरूर खाली हो गयी लेकिन वह कोरा कागज़, जिस पर रामफल ने उस दिन अपने अंगूठे का निशान लगाया था, ठाकुर के अधिकार में था और जब तक वह कागज़ मौजूद था, उसकी मियाद बढ़ती ही जा रही थी, कम न हुई थी । क्या हुआ जो ठाकुर या उसका मुंशी खेतों की ओर नहीं आये थे । ठाकुर के कारिंदे तो आसपास गिद्धों की तरह मंडराते रहते थे और रात-दिन खेत-मज़दूरों के क्रिया-कलापों पर नज़र रखते थे । उन्होंने ठाकुर को बता दिया था कि कुछ मज़दूर अपनी झोपड़ियां खाली करके चले गये हैं ।

'कुछ को तो चले ही जाना चाहिए था ।'

'लछमी का बाप भी चला गया है, सरकार !'

'उसका जाना जरूरी था । उसके कुछ और साथी भी जाने चाहिए।'

'वे भी चले गये हैं ।'

'तो आज के बाद कोई खेत-मज़दूर खेत छोड़कर नहीं जायेगा । पुलिस को ख़बर कर दो । लेकिन एक बात मत भूलना ।'

'हुजूर !'

'पुलिस के सिपाहियों के कान नहीं होते, जेबें होती हैं । उनके कानों में कुछ डालने के बजाय जेबों में डालना । मुंशी से भी बात कर लो ।'

'समझ गया, सरकार !'

'क्या समझे हो ?'

'यही कि रकम का इंतिजाम मुंशी जी करेंगे ।'

'तो जाओ । आज से कोई खेत-मज़दूर हमारे खेत छोड़कर न जाये ।'

'नहीं जायेगा, सरकार !' उसी कारिंदे ने जवाब दिया था, जिसने लछमी को अगवा करने की साजिश की थी । उसे कई रात तक ठाकुर के महल में क़ैद रखा गया था और किसी को मालूम न था कि वह ठाकुर के महल में थी । उस रात जब सभी खेत-मज़दूर लछमी को जगह-जगह तलाश करने के बाद आधी रात को महल की ड्योढ़ी पर तक़ाजा कर रहे थे, लछमी अन्दर के कमरे में अलफ नंगी पड़ी थी । यही वह शख़्स था, जिसने उस रात कलीराम को पुलिस के हवाले कराया था और उसके बाद लछमी की हत्या करके खेतों में फेंक दिया था । आज ठाकुर रिछपालसिंह उसी शख़्स के जिम्मे यह काम भी लगा रहा था कि अब कोई मज़दूर खेत छोड़कर न जाये ।

उसके बाद कोई भी कहीं न जा सका बल्कि उस सुबह जो मज़दूर चले गये थे, शाम तक वापस आ गये । उनमें रामफल और उसकी घरवाली भागो और उसका लड़का कलीराम भी शामिल थे । भागो ने अपनी नन्हीं-मुन्नी लड़की भी कंधे से लगा रखी थी जो दिन-भर की भूख से कुम्हला गयी थी ।

चार-पांच मील तक उस क़ाफ़िले को किसी ने नहीं रोका था और वे अपना संक्षिप्त-सा सामान सिर पर उठाये चले जा रहे थे । उस वक़्त रामफल ने यह भी नहीं सोचा कि वे लोग कहां जाएंगे और कहां ठिकाना करेंगे ? बस एक बार यहां से चले जायें, कहीं भी मेहनत-मज़दूरी कर लेंगे । यही सोचा था उसने । धूप तेज़ हो गयी थी । वे सब एक पेड़ की

छांव में बैठ गये । आसपास कही पीने का पानी भी न था । भागो चलते वक़्त एक लोटे में थोड़ा-सा पानी ले आयी थी, वहीं सबने थोड़ा- थोड़ा पिया । इतने में अचानक ठाकुर का कारिंदा सिपाहियों को साथ लिये उनके पास आ पहुंचा । वे तो सुबह से ही रास्ते के एक तरफ़ बैठे झोपड़ियां छोड़ने वाले मज़दूरों का इंतिज़ार कर रहे थे । यहां रोकेंगे तो वापस जाने के लिए उन लोगों को कम-से-कम चार-पांच मील का अतिरिक्त फ़ासला तो तय करना पड़ेगा । यही सजा काफी थी उनके लिए ।

रामफल ने उन्हें अपनी तरफ आते देखा तो उसका माथा ठनका । 'कहां जा रहे हो भागकर तुम लोग ?' एक सिपाही ने डांटने के-से अंदाज़ में सवाल किया ।

'हम तो अपने गांव जा रहे हैं, हवलदार साहिब !'

'तुम्हारे पास चोरी का माल है ।' सिपाही ने एक बार फिर डांटा ।

'हमारे पास तो कुछ भी नहीं है । तुम चोरी के माल की बात करते हो ।' भागो ने जवाब दिया ।

'मैं तुमसे नहीं, तुम्हारे घरवाले से पूछ रहा हूं ।'

'तुम उससे भी पूछ लो, यह भी तो भागकर आयी है ।' कारिंदे ने भागो को बड़ी ललचाई हुई नजरों से देखते हुए कहा ।

'भागकर आयी होगी तुम्हारी...!' भागो ने अपनी बात तो पूरी न की, लेकिन उसकी आंखों से शोले निकल रहे थे ।

'इतनी तेज़ धूप में गर्मी न खाओ, भागवान ।' दूसरे सिपाही ने टोका ।

'जब तक तुम ठाकुर से ली हुई रकम वापस नहीं करते, उसके खेतों से बाहर पांव नहीं रख सकते । पहले ही बाप-बेटा हवालात भुगत चुके हो ।' कारिंदा बोला ।

रामफल की नजरों के सामने अब न धूप थी, न खुला आसमान और न चटियल विशाल मैदान । उसके सामने तो बस उसके अंगूठे का एक बहुत बड़ा निशान था, जिसकी स्याही ने इर्द-गिर्द की हर चीज को छिपा डाला था । वह कुछ क्षण के लिए अन्तराल में घूरता रहा और

अपनी बीवी भागो, अपने बेटे कलीराम और अपनी नन्हीं मासूम लड़की सभी के अस्तित्व को भूल गया । उसे लगा, जैसे उसके पांव धरती में धंस गये हैं और वह एकदम अपाहिज हो गया है । उसे लगा, जैसे वह कोरा काग़ज़ जिस पर कभी उसने अंगूठे का निशान लगाया था, उसके सामने एक बड़ी-सी दीवार बनकर खड़ा हो गया है और उस दीवार ने आगे जाने के सभी रास्ते बंद कर दिये हैं ।

'क्या सोच रहे हो ?' सिपाही ने उसका कंधा झिंझोड़ते हुए कहा ।

'कुछ नहीं, हवलदार साहिब ।' उसने जैसे ख़्वाब से चौंकते हुए जवाब दिया ।

'तो उठाओ अपना सामान और चलो वापस ।'

रामफल ने बिना कोई जवाब दिये अपना थोड़ा-सा सामान उठा लिया और जिस रास्ते से आया था, उसी पर लौट गया । उसने पलटकर यह भी न देखा कि भागो, कलीराम और उसकी बच्ची कहां हैं ?

'तुम भी तो उठो ।' कारिंदे ने जरा सख़्ती से भागो को कहा ।

भागो ने उसके मुंह लगना ठीक न समझा और कलीराम को उठने का इशारा करते हुए रामफल के पीछे-पीछे चल पड़ी ।

'पलटकर आओगे तो हड्डियां तोड़ देंगे ।' दूर खड़े सिपाही ने कहा और फिर उसी पेड़ की छांव में लौट आया, जहां दूसरा सिपाही और ठाकुर के कारिंदे खड़े थे ।

जब रामफल वापस पहुंचा तो शाम होने को थी । उनकी सुनसान खाली झोपड़ी में से एक खिजलाया कुत्ता बार-बार अपनी पीठ पर दांत किटकिटाता हुआ बाहर निकल रहा था । वे सब अंदर जाने के बजाय दीवार के साये में बैठ गये । इन दस झोपड़ियों में जो दो और झोपड़ियां खाली हुई थीं, उनमें रहने वाले खेत-मज़दूर भी अपने-अपने सिर पर सामान उठाये शाम तक लौट आये । शायद उनकी क़िस्मत में इसी घेरे की क़ैद थी जिसे छोड़कर वे गये थे ।

रामफल और उसका कुनबा उस रात झोपड़ी के बाहर ही सोये । तमाम रात उसे एहसास होता रहा कि एक खिजलाया कुत्ता बार-बार अपना जिस्म उसकी टांगों से रगड़ रहा है । दूसरी सुबह भागो ने पानी के

कई घड़े उंड़ेल कर अपनी झोपड़ी को खुरच-खुरचकर साफ़ किया और उसी सुबह उनकी नन्हीं-मुन्नी मासूम-सी लड़की देखते ही देखते दम तोड़ गयी। ठाकुर के खेतों ने रामफल को लौट आने पर यह पहला इनाम दिया था। भागो की आंखों में सावन की झड़ी थी और रामफल की रूह में जेठ की तेज़ लू के थपेड़े। अपने कुछ साथी मज़दूरों के साथ रामफल अपनी प्यारी लड़की को भागो की पुरानी धुली हुई रंगदार धोती में लपेटकर खेतों से परे झाड़ियों के पास एक गड्ढा खोदकर दबा आया। शाम को उसने देखा, वही खिजलाया कुत्ता गड्ढे में दबी बच्ची के गिर्द लिपटी धोती को घसीटते-घसीटते खेतों की मिट्टी में लिथड़ा रहा था। कुत्तों ने उसकी लड़की की ताज़ा क़ब्र को भी खोद डाला था। भगवान का शुक्र था कि भागो ने यह दिल दहलाने वाला मंज़र नहीं देखा, वर्ना वह पछाड़े खाकर बेहोश हो जाती।

अमरू की झोपड़ी रामफल की झोपड़ी थी जो अब खाली थी। वह अपनी घरवाली और दो बच्चों को लेकर चला गया था और उसे किसी ने जाने से नहीं रोका था क्योंकि ठाकुर की यही मंशा थी। कलीराम जब उस खाली झोपड़ी को देखता, तो उसका कलेजा दर्द से फट जाता। यहीं तो कुछ रोज़ पहले लछमी रहती थी और वे दोनों खेतों में कितनी-कितनी देर बैठे आपस में बातें करते रहते थे। लछमी उसे बहुत अच्छी लगती थी। अगर वह छोटी जात की लड़की न होती तो कलीराम का उससे ब्याह भी हो सकता था। कई बार उन दोनों ने यह भी सोचा था कि वे दोनों एक दिन यहां से कहीं भाग जायें और ब्याह कर लें। लेकिन कलीराम को यह मालूम नहीं था कि वह इतनी ख़ूबसूरत लड़की को कहां ले जायेगा, उसे कहां रखेगा और उनका गुज़ारा कैसे होगा? कलीराम तो यही सोचता रहा और लछमी को ठाकुर के आदमी उठाकर भी ले गए और ठाकुर रात भर उसके कुंआरे अनछुए बदन से अपना खिराज वसूल करता रहा। जब उसने अपना हिसाब चुकता कर लिया तो उसे अपने कारिंदों के हवाले कर दिया जो उसकी बोटी नोंच-नोंच कर उसे खेतों में फेंक आये। कलीराम जब भी खेतों में जाता और उन जगहों से गुजरता जहां वह लछमी से बैठकर पहरों तक बातें करता रहता था, तो उसे लगता

जैसे कोई उसकी बांह पकड़कर उसे उस तरफ खींचे लिये जा रहा है, जहां एक शाम लछमी की अधनंगी लाश पड़ी मिली थी। उसे लगता था, जैसे लछमी का कातिल वह खुद था। उसे ठीक ही हवालात में बंद किया गया था। उसे तो फांसी पर लटकाना चाहिए था। उसका जिस्म तो सूली पर नहीं लटका था लेकिन उसकी आत्मा के गले में महीन रेशमी फंदा उलझकर उसे लहूलुहान किये जा रहा था। उसे खून से नहाई हुई आत्मा से बेहद डर लगने लगा था। उसने अपने खेतों में जाना और लछमी की खाली सुनसान झोपड़ी की ओर आंख उठाकर देखना ही छोड़ दिया था।

लछमी की दर्दनाक मौत के साथ ही कलीराम की पहली मासूम मुहब्बत कत्ल हो गयी थी।

जिन मज़दूरों को ठाकुर के खेतों को छोड़ना था, वे छोड़ चुके थे और जो इन्हीं झोपड़ियों में कैद हो गये थे, उन्होंने पूर्ण रूप से हथियार डाल दिये थे। उन लोगों में रामफल भी शामिल था। एक दिन उसने भागो से कहा, 'अब तो यहीं मरना होगा, कली की मां !'

'जिंदगी ठाकुर की गुलामी में गुजरेगी।'

'हमारी ही नहीं, कलीराम की भी।'

'ऐसी बात मत कहो।' भागो बोली।

'यह भाग क्यों नहीं जाता यहां से ?'

'कहां जायेगा भागकर बेचारा !'

'कहीं भी जाये, मरे तो सही।' कितने दुःख से रामफल ने ये शब्द कहे थे। वह जानता था कि उसने अपनी जिंदगी के साथ-साथ अपने बेटे की जिंदगी भी ठाकुर के पास रहन रखी थी और अब जीते-जी न उसका छुटकारा होगा, न कलीराम का। न उनसे कर्ज की रकम चुकाई जा सकेगी और न ठाकुर की कैद से ही मुक्त होंगे। जीवन-भर की कैद उन सबके नाम लिख दी गयी थी, जिसमें से एक दिन भी कम न हो सकेगा। एक दिन तो क्या, एक घड़ी भी नहीं।

फिर धीरे-धीरे जिंदगी अपने रास्ते पर लौट आयी। मुंशी रामसुखदास ने फिर अपना अड्डा जमा लिया था। उसके रिश्तेदार ने फिर से अपनी

दुकान आरम्भ कर दी थी । एक-आध बार ठाकुर रिछपालसिंह भी उधर हो आया था । अब खेतों को अगली फसल के लिए तैयार करना था । इसलिए खेत-मज़दूर दुबारा अपने काम में लग गये । कुछेक खाली झोपड़ियों में नये मज़दूर आ गये थे । कोरे कागजों पर कुछ और अंगूठों के निशान उभर आये थे । लेकिन अमरू की झोपड़ी उसी तरह खाली थी और उसमें लछमी के रूप की चांदनी अब भी सुरक्षित थी । उसकी यादों के दीपक अब भी रोशन थे । कलीराम कई बार सोचता, काश ! वह झोपड़ी ढह जाये और उसके सारे बीते दिन मलवे के ढेर में दबकर सदा के लिए समाप्त हो जायें लेकिन न तो उस झोपड़ी की दीवारें ही गिरीं और न ही कलीराम के बीते दिन मिट्टी के ढेर में दबकर समाप्त हुए ।

रामफल और भागो की जिंदगी एकदम वीरान हो गयी थी ।

'क्यों न कलीराम का ब्याह कर दें ? फिजूल पागलों की तरह घूमता रहता है ।' भागो नें एक दिन रामफल से कहा ।

'किससे करें इसकी शादी ?'

'आखिरी झोपड़ी में जो नया परिवार आया है, उनकी लड़की जवान है ।'

'तो क्या वह हमारे ही लड़के का इंतिजार कर रहे हैं ?'

'क्या बुराई है कली में ?' भागो ने पूछा था ।

'यही कि वह हमारा लड़का है और हवालात में बंद रह चुका है ।'

'मैं उन लोगों से बात करूं ?'

'कर लो ।'

फिर भागो ने भगतो की घरवाली से बात चलाई–उसने हामी भर ली और कलीराम का रिश्ता तय हो गया ।

मुंशी रामसुखदास की खेत-मज़दूरों से पहले वाली साख टूट गयी थी । पिछले चंद हफ्तों की घटनाओं ने उसके मान को बहुत धक्का पहुंचाया था । धक्का तो ठाकुर के सम्मान को भी पहुंचा था । लछमी का हरण और उसकी मौत एक ऐसी घटना थी जिसे कोई मज़दूर न भूल सका था । यह बात अलग थी कि अब वे आपस में इस घटना की चर्चा

नहीं करते थे । ठाकुर को भी अपने मन में बड़ा पछतावा था । इसलिए उसने कारिंदों के उस टोले को मुंह लगाना छोड़ दिया था जिसका इस सारी घटना में हाथ था । ठाकुर का मज़दूरों से सीधा सम्बंध नहीं था । वह तो कभी-कभार ही उनसे मिलता था । लेकिन मुंशी का तो अड्डा ही वहीं था—यह केवल उसकी प्रतिष्ठा का ही नहीं, उसकी रोजी-रोटी का भी सवाल था । इसलिए यह जरूरी था कि वह किसी तरह अपनी खोयी हुई प्रतिष्ठा प्राप्त करे । वह हर वक्त किसी-न-किसी ऐसे अवसर की तलाश में रहता था जिससे मज़दूरों से उसका टूटा हुआ रिश्ता जुड़ सके । ऐसा अवसर उसे जल्द ही मिल गया ।

एक दिन रामफल सूखे तम्बाकू के पत्ते लेने के लिए दुकान पर खड़ा था । बहुत दिनों के बाद उधर आया था वह । वह भी तो अपने टूटे हुए सम्बंधों को जोड़ना चाहता था । क्योंकि अब कली का रिश्ता तय हो चुका था । दुकानदार से तो सौदा-सुलफ लेने के लिए सम्बंध पैदा करना जरूरी था । उसे वहां खड़ा देखकर मुंशी भी उधर आ गया ।

'बहुत दिन में दिखायी दिये, रामफल !'

'मुंशी जी, जिंदगी के दिन पूरे करने हैं ।'

'तुम्हारी घरवाली कैसी है ?'

'बीमार रहती है ।'

'और वह तुम्हारा लड़का, क्या नाम है उसका ? बड़ा अच्छा जवान है ।'

'अच्छा होता तो हवालात में बंद क्यों रहता ?' रामफल बोला !

'इस बात का तो सबको अफसोस है ।' मुंशी ने दुःख जताया ।

मुंशी बातें करते-करते रामफल को एक तरफ ले आया । वह अपनी हथेली पर तम्बाकू और चूने को रगड़ते हुए कह रहा था, 'हम तो ये खेत छोड़कर चले जा रहे थे लेकिन नहीं जा सके । अब तो उम्र भर कैद भुगतेंगे ।'

'ऐसा न कहो, रामफल ! समय बदलते देर नहीं लगती । मेरी बात मानो तो अब अपने लड़के का ब्याह कर दो । तुम्हारी घरवाली को भी थोड़ा आराम मिल जायेगा ।'

'ब्याह मिट्टी के बर्तनों को बेचकर तो नहीं हो सकता, मुंशीजी इसके लिए रकम चाहिए ।'

'तुम कहीं रिश्ता पक्का करो, रकम का मैं इंतिजाम कर दूंगा । कोई तकलीफ हो तो मुझे बता दिया करो ।'

'अच्छा, मुंशीजी ।'

रामफल जब मुंशी रामसुखदास से अलग होकर अपनी झोपड़ी की ओर लौटा और चूना मले तम्बाकू ने थोड़ा सरूर किया तो वह सोचने लगा कि कली का ब्याह जल्दी कर देना चहिए । जब इस मिट्टी में जान खपानी है तो रोने से क्या लाभ होगा ?

कुछ दिनों के बाद जब रामफल की मुंशी रामसुखदास से मुलाकात हुई तो उसने उसे बता दिया कि कलीराम का रिश्ता तय हो गया है ।

'भगतू से कह दो, जब तक ब्याह न हो जाये, छोकरी को खेतों में ज्यादा न जाने दिया करे ।'

'क्यों, मुंशी जी ?'

'लड़कियों को घर में रहना चाहिए ।'

'तो खेतों में काम कौन करेगा ?'

'मर्द लोग, उनकी घरवालियां और जवान छोकरे । लड़कियों का ठिकाना तो उनकी ससुराल है, खेत नहीं ।'

मुंशी जो कुछ कह रहा था, वह केवल रामफल की हमदर्दी पाने के लिए । वर्ना इस किस्म की बातें करने की न ही उसे आदत थी, न जरूरत । वह तो इस बिरादरी में अपना खोया हुआ सम्मान हासिल करने की एक कोशिश थी । उन बातों से अनपढ़ और दुःखों के मारे हुए रामफल के दिमाग में तो और भी उलझनें पैदा हो गयीं । मुंशी क्यों इस किस्म की बातें कर रहा था ? वह कई दिनों से उनकी झोपड़ियों की ओर आ रहा था । उससे क्या मतलब था मुंशी को ?

रामफल के मन में बेकार के संशय जागने लगे ।

'जल्दी हो जायेगा । सौदा-सुलफ तुम दुकान से उधार ले लेना । मैं दुकान वाले से कह दूंगा । वह तो अपना आदमी है ।'

'उधार आखिर चुकाना तो होगा ही ।'

'चुका देना धीरे-धीरे, तुम कौन भागे जा रहे हो ?'

'भागने की बात तो अब खत्म हो गयी, मुंशीजी !'

'तो बोलो, तुम्हें कितनी रकम की जरूरत है ?'

'दो-चार कपड़े, चांदी के दो-एक जेवर, कुछ खाना-पीना... रकम की जरूरत तो पड़ेगी, मुंशी जी ।'

'कितनी रकम में काम चल जायेगा तुम्हारा ?'

'यह मैं अपनी घरवाली से बात करके बताऊंगा ।'

'कल बता देना, रकम की फिकर न करो, रामफल ! तुम छोकरे के ब्याह का प्रबंध करो ।'

मुंशी ने बड़े स्नेह से रामफल के कंधे पर हाथ रखा और भोला रामफल उसी से पिघल गया । प्यार का एक बोल, हमदर्दी की एक नजर, प्रेम का एक शब्द मासूम लोगों की दुनिया ही बदल देता है । रामफल जब घर लौटा तो वह खुश था । उसे यकीन हो गया कि अब उसकी सुनसान झोपड़ी में जिंदगी और रौनक दुबारा आ जाएगी । बच्ची के मरने के बाद भागो बेहद उदास रहने लगी थी । हर घड़ी उसे जोर का सिरदर्द रहता था । इसलिए वह खाट ही पर पड़ी रहती थी । रामफल वापस आया तो भागो के पास ही खाट की पट्टी पर बैठ गया ।

'कली की मां, ब्याह के लिए कितनी रकम की जरूरत होगी ?'

'पहला ही तो ब्याह है, मुझे क्या मालूम ?' भागो ने खाट की पट्टी से जरा सरककर रामफल के ठीक से बैठने के लिए जगह कर दी ।

'तुम्हारा भी तो ब्याह हुआ था कभी ।'

'वह तो तुम्हारा भी हुआ था ।' बहुत दिनों के बाद भागो के पीले चेहरे पर मुस्कान की धूप निखरी ।

'लेकिन ब्याह तो छोकरियों के होते हैं ।'

'यह तो ठीक ही है, छोकरे तो ब्याह से पहले ही बहुत कुछ कर लेते हैं ।'

'अब तो छोकरियां भी कर लेती हैं, जमाना बदल गया है ।' रामफल ने जवाब दिया और फिर अपनी बात जारी रखते हुए कहा, 'पर तुम तो जरा भी नहीं बदली, वैसी की वैसी गंवार हो ।'

'गंवार से तो गंवार बनकर ही निबाह होता है ।'

भागो का जवाब सुनकर रामफल हंस दिया और उसी क्षण कलीराम के खंखारने की आवाज आयी । जब रामफल और भागो झोपड़ी में अकेले होते थे तो कलीराम खंखारकर ही अंदर आता था ।

'अब तो कलीराम सयाना हो गया है ।'

'अपने बाप की करतूतों को जानता है । अब उठो जल्दी से ।' भागो ने रामफल को हाथ से परे धकेलते हुए खाट की पट्टी से उठा दिया ।

'तुम्हें भगतू चाचा याद कर रहा था ।' कलीराम ने अंदर दाखिल होते हुए कहा ।

'क्यों ?'

'यह तो मुझे मालूम नहीं ।'

'तो मिल आओ न जाकर भगतो को । कोई सलाह-मशविरा करना होगा ।' भागो ने कलीराम के जवाब पर अपनी राय देते हुए कहा ।

फिर ब्याह की तारीख निश्चित हो गयी ।

इस तारीख से पहले मुंशी रामसुखदास ने रामफल को चार सौ रुपये कर्ज दे दिये और उससे एक सफेद कोरे कागज पर अंगूठे का निशान लगवा लिया ।

'रुपया वापिस करो या न करो, लेकिन कागज तो बनाना ही पड़े है । तुम तो खुद सयाने हो, रामफल !' मुंशी ने कागज को जेब में डालते हुए कहा ।

जो भी सौदा चाहिए, दुकानदार से ले लेना ।'

रामफल जब अपनी मैली-सी धोती के एक छोर में नोट लपेटकर उसे कमर में खोंसने लगा तो मुंशी ने कहा, 'ब्याह ठाठ से करना, ठाकुर साहिब भी आयेंगे ।'

'ठाकुर क्या करेगा आकर ?'

'कलीराम और उसकी बहू को आशीर्वाद देगा ।'

'ठाकुर को कहना वह मत आये । मुझे यह पसंद नहीं, मुंशीजी ।'

'रामफल, तुम तो सठिया गये हो । तुम प्रजा हो, ठाकुर मालिक है । राजा तो प्रजा का ध्यान रखता ही है ।'

'अगर ठाकुर आया तो कली का उससे झगड़ा हो जायेगा ।'

'अब कली बेचारा उससे क्या झगड़ा करेगा ? इस कोरे कागज पर अंगूठा लगाकर तुमने अपने बेटे को भी ठाकुर का गुलाम बना दिया है ।'

'यह क्या कह रहे हो ?' रामफल सख्ती से बोला ।

'ठीक कह रहा हूं, चौधरी रामफल ! इस चार सौ रुपये के बदले में कलीराम और उसकी घरवाली, दोनों यहीं रहेंगे । यह रकम बिना वापस किये वे यहां से नहीं जा सकते । वे तुम्हें अब कभी नहीं छोड़ सकेंगे । तुम्हारे बुढ़ापे का सहारा बना रहेगा । देखो, ठाकुर को तुम लोगों का कितना ध्यान है !' यह कहकर मुंशी खूब खिल-खिलाकर हंसा । बहुत दिनों के बाद तो उसे इस तरह हंसने का मौका मिला था ।

'हंसो मत, मुंशी । मुझे तुमसे डर लगता है । तुम अपनी रकम वापस ले लो, मुझे नहीं चाहिए ।'

'तुम चाहो तो रकम वापस ले लेता हूं, लेकिन अंगूठे का निशान वाला यह कागज नहीं लौटाऊंगा । बोलो, करते हो चार सौ रुपये वापस ?'

रामफल, मुंशी की बात सुनकर खामोश हो गया । उसे लगा, जैसे वह एक और लड़ाई हार गया है । वह मुंशी की बात का जवाब दिये बगैर उस कमरे से बाहर निकल आया जिसे मुंशी रिहायश और दफ्तर दोनों के लिए उपयोग में लाता था । उसका जी चाहता था कि वह नोटों की गड्डी को, जो उसने धोती के अंदर कमर के साथ उड़स रखी थी, फाड़कर फेंक दे और भगतो से जाकर कह दे कि उसे अपने लडके के लिए उसकी लड़की का रिश्ता मंजूर नहीं । लेकिन न तो वह नोट ही फाड़ सका और न ही भगतो से रिश्ता तोड़ने की बात कह सका ।

उसने किसी को यह न बताया कि उसने एक कोरे कागज पर अंगूठे का निशान लगाकर कलीराम और उसकी घरवाली को भी इस कैद में डाल दिया है जिसमें उसे जिंदगी भर सड़ना था । यहां तक कि उसने भागो से भी इसका जिक्र न किया और आखिर ब्याह का दिन आ गया ।

ठाकुर के विशाल खेतों पर बसी आबादी पर छायी हुई एकरसता और चुप्पी का वातावरण छंट गया । जिंदगी एक बार फिर अपना हुस्न,

और दिलकशी लेकर इन कच्ची झोपड़ियों में नृत्य करने लगी । धुली हुई रंगदार ओढ़नियां हवा में लहराने लगीं । पायलों की झंकार थिरकने लगी और जवान कहकहे वातावरण में गूंजने लगे । ढोलक की थाप जो बहुत दिनों से सो रही थी, जाग उठी । दो-तीन रात तो उन झोपड़ियों में मेले का-सा समां रहा । लोकगीत मचलते और लहराते रहे और ठर्रे की बू हवा की लहरों में घुलकर हर होंठ चूमती रही । रामफल और भागो खुश थे । कलीराम भी खुश था और भगतो भी खुश था कि उसकी लड़की किताबो अपना नया घर बसायेगी । यह बात उसकी समझ में कभी न आयी कि इस ठेठ अनपढ़ लड़की का नाम उन्होंने किताबो क्यों रखा था ? वास्तव में हुआ यूं था कि जब उसकी घरवाली के बच्चा होने वाला था तो किसी ने भरम में डाल दिया कि होने वाली औलाद मां के लिए मनहूस साबित होगी और इस अमंगल को टालने के लिए एक उपाय यह था कि भगतो की घरवाली अपने सिरहाने श्रीरामचरितमानस की पोथी रखे और जब बच्चा हो जाए तो उस पोथी को काले कपड़े में लपेटकर छुट्टी के दिन किसी वीरान कुएं में फेंक आये । भगतो की घरवाली ने पूरे छह महीने श्रीरामचरितमानस की पोथी को अपने सिरहाने रखा था । वह पोथी भगतो पास वाले गांव के मंदिर से चुराकर लाया था । यहां का पुजारी दिन में तो मंदिर के अहाते में रहता था लेकिन शाम होते ही गांव चला जाता था । भगतो ने एक रात गांव से बाहर बने उस मंदिर का दरवाजा खोलकर वह पोथी उठा ली और उसे कपड़े में लपेटकर अपनी घरवाली के पिचके हुए मैले तकिए के नीचे रखकर उसे यह सारा विवरण भी बता दिया था । उसका ख्याल था कि उसकी घरवाली उससे नाराज होगी । लेकिन उसने तो कुछ न कहा था । सिर्फ एक बार पोथी को खोलकर, जिसके हर पृष्ठ पर चंदन और सिंदूर के निशान लगे थे, दुबारा उसे कपड़े में लपेटकर अपने तकिये के नीचे रख दिया । हां, जब कभी भगतो नशा करके रात को उसे तंग करता, तो उस समय वह श्रीरामचरितमानस की पोथी को अपने तकिये के नीचे से निकालकर अलग रख देती । ऐसे क्षणों में उसकी आंखों के सामने हनुमानजी का सुर्ख लाल लंगोट लहराने लगता जो उसके गांव के मंदिर की बहुत पुरानी मूर्ति के गिर्द लिपटा हुआ था ।

जब उसके यहां लड़की पैदा हुई तो उसने हमेशा के लिए अमंगल के निवारण के लिए लड़की का नाम किताबो रख दिया । इसी बीच वह छुट्टी के दिन शाम के धुंधलके में घर से निकलकर पास के एक कुएं में श्रीरामचरितमानस की पोथी को कोरे काले कपड़े में लपेटकर फेंक आयी और फिर पलटकर एक बार भी कुएं की तरफ न देखा । भगतो ने उसे यही हिदायत दे रखी थी । बहुत दिनों तक साथ के गांव के मंदिर से श्रीरामचरितमानस की पोथी चुराये जाने की चर्चा होती रही । लेकिन चोर की खोज किसी ने नहीं की थी । मंदिर का पुजारी एक दूसरी पोथी खरीदकर ले आया था । अब शाम को घर जाते समय उसे साथ ही ले जाता था, मंदिर में नहीं छोड़ता था । भगतो की घरवाली जब चालीसवां नहा चुकी तो किताबो को साथ लेकर गांव के उसी मंदिर में गयी, जहां से चुराई गई श्रीरामचरितमानस की पोथी छह महीनों तक उसके गंदे तकिये के नीचे पड़ी रही थी । वह पोथी फिर एक वीरान कुएं में फेंक दी गयी थी, जहां अब रात के सन्नाटे में कुएं में वास करते हुए भूत-प्रेत उसका पाठ करते होंगे । जब वह किताबो को अपनी गोद में लिये भगवान की मूर्ति के सामने माथा टेक रही थी तो उसे हंसी आ रही थी । यह वही भगवानजी हैं, जो अपनी पोथी की भी रक्षा न कर सके थे और जिन पर सारे गांव को अपनी रक्षा का भरोसा था ।

वही किताबो खुरदरी और ऊबड़-खाबड़ जमीन पर बिछाये चीथड़ों पर रोते-बिलखते परवान चढ़ती गयी और उसके मां-बाप मेहनत-मज़दूरी करके अपना पेट पालते रहे । फिर किताबो बड़ी हो गयी और भगतो उस गांव से किसी दूसरे गांव में चला गया और वहां से फिर कहीं और । यह सिलसिला कई बरस तक चलता रहा । भगतो की घरवाली के यहां किताबो के बाद कोई औलाद न हुई और न ही भगतो ने फिर किसी मंदिर से श्रीरामचरितमानस की कोई पोथी चुराई । लेकिन उनकी लड़की अब मुकम्मल किताब बन गयी थी जिसमें जिंदगी के अत्यंत रहस्य और जादू थे और कई दिलकश रंगीनियां थीं । इस किताब में सब कुछ था, लेकिन इसका कोई शीर्षक नहीं था । बिना शीर्षक के तो इस किताब का कोई उद्देश्य और महत्त्व ही नहीं था । इसके बगैर तो कोई किताब किसी

लायब्रेरी में भी दर्ज नहीं हो सकती, चाहे वह किसी दूर-दराज गांव के प्राइमरी स्कूल की एक घटिया-सी अलमारी में बंद लायब्रेरी ही क्यों न हो ? भगतो और उसकी घरवाली को तो ये सब बातें मालूम नहीं थीं लेकिन वे एक बात तो जानते ही थे कि जब लड़की जवान हो जाये तो उसका ब्याह जरूर हो जाना चाहिए ।

फिर कलीराम का ब्याह हो गया और किताबो को शीर्षक मिल गया। जीवन की लाइब्रेरी में अब उसे एक सुरक्षित कोना मिल गया, जहां वह खामोश पड़ी रह सकती थी ।

सबका ख्याल था कि ठाकुर शादी के अवसर पर अवश्य आयेगा लेकिन वह नहीं आया । रामफल खुश था कि ठाकुर नहीं आया वर्ना कलीराम का उससे जरूर झगड़ा हो जाता । हां, मुंशी रामसुखदास जरूर आया था और ठाकुर ने उसके हाथ रामफल को इक्यावन रुपये और किताबो के लिए एक सूती साड़ी भिजवाई थी । रामफल ने रुपये वापस कर दिये लेकिन भगतो ने अपनी लड़की के लिए भेजी गई साड़ी रख ली थी । रामफल ने ठाकुर के रुपये क्यों वापस किये थे ? इसका सभी खेत-मज़दूरों को पता था और वे सभी खुश भी थे ।

'यह साड़ी किताबो तब पहनेगी, जब वह अपने मां-बाप के घर जायेगी, मेरे घर में नहीं ।' यह बात कलीराम ने कही थी ताकि मुंशी भी सुन ले ।

'यह बात ठीक ही तो है ।' मुंशी ने कलीराम का समर्थन किया और मुस्कुरा दिया ।

जब शहर वापस जाकर दूसरे दिन उसने ठाकुर को इस सारी घटना का विवरण बताया तो उसने बड़ी कटुता से कहा-'दिमाग खराब है साले का !'

रामफल ने यद्यपि अपने-आपको पूरी तरह मार लिया था, लेकिन फिर भी उसके एहसास का नाग कुचले जाने के बावजूद अपना फन फैला देता था । अपने-आप पर काबू पा लेने की हजार कोशिश करने के बावजूद कभी-कभी गलत बात के खिलाफ उसकी आवाज उठ ही जाती थी ।

किताबो के आ जाने से घर का वातावरण भी बहुत बदल गया था। भागो अब हर समय खाट पर पड़ी नहीं रहती थी। कलीराम ने भी खेतों में जाना शुरू कर दिया था। जाने को तो रामफल भी जाता था, लेकिन अब उसका मन काम करने को नहीं करता था। इन्हीं खेतों में तो उसने अपनी सारी जिंदगी गवां दी थी और उसके बदले में उसे मिला क्या था? उम्र-भर की गुलामी--जो उसने अपनी अगली नस्ल को भी सौंप दी थी। यह बात उसे हरदम कचोटती रहती थी। बस, दिन में कई बार जब वह सूखे तम्बाकू और चूने को रगड़कर फांकता, तो उसमें जान पड़ जाती। या फिर रात को जब कभी ठर्रे के कुछ घूंट ले लेता, तो उसे लगता कि वह सचमुच जिंदा है, वर्ना अब उसमें जिंदगी की चिंगारी बुझती जा रही थी। अब तो खेतों में वह जहां बैठ जाता, वहीं ढेर होकर रह जाता। रात झोपड़ी में लौटता तो अलग खाट बिछाकर पड़ा रहता। वह तो जैसे भागो से सम्बंध तोड़ता जा रहा था अब।

गर्मियां बीत गयीं।

सर्दियों का मौसम आ गया।

खेतों में गेहूं की फसल लहलहाने लगी थी। सुबह जब वह शबनम से नहाई उस फसल को देखता, तो उसे अपने अंदर जीने की आरजू कसमसाती हुई महसूस होती। ज्यों-ज्यों दिन गुजरता जाता, उसकी यह आरजू थकती जाती और शाम तक तो वह अधमरी हो जाती। कुएं के पानी से फसल की प्यास नहीं बुझ रही थी। बारिश हो नहीं रही थी। इसलिए खेत-मज़दूरों को रात-रात-भर जागकर खेतों में पानी देना पड़ता था। अक्सर तो रात को कलीराम ही जाता, लेकिन कभी-कभी रामफल को भी तो जाना ही पड़ता था।

उस दिन जब रामफल काम पर गया तो वह सुस्त लग रहा था। एक पुराना-सा कंबल अपने जिस्म पर लपेटे वह चला तो गया लेकिन हवा बहुत तेज और ठंडी थी। उसे लगता था कि तमाम ठंडक उसके कमजोर जिस्म से गुजरकर हड्डियों के अंदर घुसी जा रही थी। वह सर्दी से ठिठुर रहा था। उसके साथी खेत-मज़दूरों ने लकड़ियां जलाकर आग का भी प्रबंध किया था लेकिन हवा इतनी तेज थी कि आग की गर्मी

किसी तक पहुंचती ही न थी । गये रात जब वह झोपड़ी में वापस पहुंचा और किवाड़ पर दस्तक दी तो कलीराम जो उस समय किताबो की बांहों में बेसुध पड़ा था, हड़बड़ाकर उठा और किवाड़ खोले । खुले किवाड़ के साथ ही रामफल ढेर हो गया । उसका सारा जिस्म बर्फ की तरह ठंडा हो रहा था । उसके मुंह से आवाज भी न निकल रही थी । भागो और कलीराम ने उसे संभाला, उसे खाट पर लिटाया और पुरानी-मैली रजाई उस पर डाली । कलीराम ने अपनी रजाई भी उस पर डाल दी । लेकिन वह सर्दी से कांपे ही जा रहा था । किताबो ने आग जला दी कि जरा गर्मी हो जाये । कलीराम ने गर्म पानी में थोड़ी दारू डालकर भी रामफल के मुंह में डालने की कोशिश की लेकिन एक घूंट भी हलक से नीचे न उतरी । किताबो जल्दी से अपने बाप भगतो को भी बुला लायी । और भी दो-चार आदमी इकट्ठे हो गये लेकिन न तो रामफल का कांपना ही बंद हुआ और न ही वह मुंह से कोई आवाज निकाल सका । उसका जिस्म एक तख्ते की तरह बेजान पड़ा था । सुबह होने पर रामफल ने प्राण त्याग दिये ।

रामफल इस बस्ती का सबसे पुराना रहने वाला था । उसकी मौत का सभी को अफसोस हुआ था । वही तो एक ऐसा आदमी था जो खरी और सच्ची बात कहता था और किसी की परवाह नहीं करता था । मज़दूर होते हुए भी उसने बिरादरी में अपनी एक अलग जगह बना रखी थी । उसकी झोपड़ी के सामने सभी खेत-मज़दूर जमा थे । भागो ने रो-रोकर अपने आपको हलकान कर लिया था । वह तो पहले से ही बीमार चली आ रही थी । उसका जाने अब क्या होगा ? दोपहर के वक्त खेतों से दूर रामफल के मुर्दा जिस्म को अग्नि-भेंट कर दिया गया । हर खेत-मज़दूर ने श्रद्धांजलि के तौर पर चिता बनाने में एक-एक लकड़ी डाली थी । वह सबके लिए जिया था और अब उसकी मौत में सभी शरीक थे । सभी गमजदा थे । लेकिन दो शख्स ऐसे भी थे जिन्हें उसकी मौत से खुशी हुई थी-एक ठाकुर रिछपालसिंह, दूसरा रामसुखदास । शाम होते-होते सभी मज़दूर अपनी-अपनी झोपड़ियों में चले गये । सिर्फ तीन-चार औरतें भागो के पास बैठी रह गयीं । बाहर एक पुरानी चादर को जमीन पर बिछाकर

अपनी झोपड़ी की कच्ची दीवार का सहारा लिये कलीराम बैठा था। तभी उसने देखा–मुंशी रामसुखदास और ठाकुर रिछपालसिंह उसकी ओर आ रहे थे। वे निकट आये तो कलीराम उठकर खड़ा हो गया।

'रामफल की मौत का बड़ा अफसोस है। बड़ा सज्जन आदमी था।' ठाकुर ने कहा।

उसकी बात सुनकर कलीराम की आंखों में आंसू आ गये।

'जी हां, सरकार! उनकी मौत से तो मज़दूरों की सारी बिरादरी को नुकसान पहुंचा है।' मुंशी ने कहा।

कलीराम अपनी आंसू–भरी आंखें पोंछ रहा था।

'कोई तकलीफ हो तुम्हें तो मुंशीजी को बता देना।'

'सब ठीक है, हुजूर।' कलीराम ने रुंधी हुई आवाज में जवाब दिया।

'तो चलें, सरकार! मुंशी बोला।

'चलो। तुमने जो कागज कलीराम को दिखाने हों, कल दिखा देना।' चलते हुए ठाकुर ने कहा।

'कैसे कागज, मुंशीजी ?' कलीराम ने चौंककर पूछा।

'अरे, दिखा दूंगा। ऐसी क्या जल्दी है!' मुंशी ने जवाब दिया।

फिर ठाकुर और मुंशी चले गये। जाती बार उस ओर से गुजरे, जहां दूसरी दस झोपड़ियों की बस्ती थी।

वे चले गये तो कलीराम सोचने लगा, मुंशी को उसे कौन से कागज दिखाने थे ? लेकिन उसकी समझ में कुछ न आया। फिर रात हो गयी और कलीराम ने देखा–खेतों के उस पार रात के अंधेरे में रामफल की चिता के शोले तेज हवा में लहरा रहे थे। वह भरी दुनिया में अकेला रह गया था।

दो दिन के बाद दोपहर के समय जब सब मज़दूर लोग खेतों में थे, मुंशी रामसुखदास आया। कलीराम अचार के साथ मकई की रोटी खाकर झोपड़ी के बाहर बिछी हुई पुरानी चादर पर लेटा ही था। भागो को बुखार था। वह अन्दर खाट पर पड़ी थी। कलीराम ने सूरज की रोशनी से बचने के लिए आंखें बंद कर रखी थीं।

'कलीराम ! आराम कर रहे हो ?'

'नहीं, मुंशी जी । जरा पीठ टेकी है ।' वह उठकर खड़ा हुआ ।

'काम पर कब से जाओगे ?'

'चौथा हो जाये । परसों से जाऊंगा ।'

'उधर आ जाओ, नीम के पेड़ के नीचे । तुमसे कुछ जरूरी बातें करनी हैं ।'

मुंशी झोपड़ी की तरफ मुड़ा और उसके पीछे कलीराम नंगे पांव ही उधर को हो लिया । पेड़ के तने के साथ पीठ टेकते हुए उसने कहा– 'रामफल तो चला गया, अब तो घर तुम्हें ही संभालना है ।'

'जी !'

'रामफल के कुछ कागज तुम्हें दिखाने थे ।'

'दिखाओ !'

मुंशी ने एक बहुत पुराना तह किया हुआ कागज जेब से निकाला और कहा–'इसे पहचानते हो ?'

'नहीं, मुंशीजी । मुझे तो पढ़ना-लिखना नहीं आता । मुझे मालूम नहीं कि इस पर क्या लिखा है ?'

'अंगूठे के इस निशान को पहचानते हो ?'

'नहीं, मेरे सामने उन्होंने कभी अंगूठा नहीं लगाया ।'

'यह रामफल का ही अंगूठा है ।'

'होगा ।' कलीराम ने जवाब दिया ।

'होगा नहीं, है ।'

कलीराम खामोशी और हैरत से मुंशी के मुंह की तरफ देख रहा था । फिर बोला–'तो मुझे क्यों दिखा रहे हो ?'

'और किसे दिखाऊं ? मालूम है इस कागज पर क्या लिखा है ?'

'नहीं ।'

'यह रामफल की लिखावट है जिसकी बिना पर उसने पहले ठाकुर से एक सौ रुपये कर्ज लिये थे और लिखकर दिया था कि जब तक वह कर्ज की यह रकम वापस नहीं करेगा, इस जगह को छोड़कर नहीं जायेगा । सूद के तौर पर वह और उसका सारा परिवार खेतों में काम

करेगा । इस तरह ब्याज तो साथ के साथ चुकता जायेगा, लेकिन कर्ज की रकम ज्यों-की-त्यों बनी रहेगी ।'

'यह मेरे बाप की और पहले ठाकुर की आपसी बात थी । अब दोनों मर चुके हैं ।'

'तुम्हारा बाप मरा है, तुम जिंदा हो । पहला ठाकुर मर गया है, लेकिन नया ठाकुर जिंदा है । इसलिए कर्जे की रकम और ब्याज दोनों में से कुछ नहीं डूब सकता ।'

'चाहते क्या हो, मुंशीजी, तुम ?' कलीराम ने पूछा ।

'कर्जे और ब्याज की रकम अब तुम्हारे जिम्मे होगी ।'

'मेरे जिम्मे कैसे हो सकती है ?'

'अभी बताता हूं ।' यह कहकर मुंशी ने एक और कागज जेब से निकाला जो कलीराम के नवविवाहित जीवन की तरह बिल्कुल नया और अछूता था । वह बोला–'इस कागज को पहचानते हो ?'

'नहीं ।'

'और इस अंगूठे के निशान को ?'

'नहीं ।'

'यह भी तुम्हारे बाप के अंगूठे का निशान है । दोनों कागजों के निशानों को मिला लो ।' यह कहते हुए मुंशी ने दोनों कागज कलीराम के सामने रख दिये । दोनों निशान एक जैसे थे । कलीराम आश्चर्यचकित आंखों से दोनों कागजों को देख रहा था ।

'इस कागज में क्या लिखा है ?'

'रामफल ने तुम्हारे ब्याह के लिए चार सौ रुपये कर्ज लिये और लिख दिया था कि जब तक कर्ज की यह रकम अदा न होगी, रामफल, उसकी घरवाली, यानी तुम और तुम्हारी घरवाली–सब इन खेतों में काम करोगे और इससे रकम का ब्याज पूरा होता रहेगा । इतनी बड़ी रकम का इतना थोड़ा ब्याज !' मुंशी मुस्करा दिया ।

'यह झूठ है ।' कलीराम चिल्लाया ।

'चिल्लाओ मत । यह बात उतनी ही सच्ची है, जितनी तुम्हारे बाप की मौत ।'

'मैं कल ही इस झोपड़ी को आग लगा दूंगा और हम सब यहां से चले जायेंगे ।' कलीराम ने गुस्से में कहा ।

'अरे मूर्ख बाप के मूर्ख बेटे ! यही गलती तुम्हारे बाप ने की थी और तुमने देखा था उसका हश्र ।'

'मुंशी, तुम चले जाओ यहां से, वर्ना मैं तुम्हारा सिर फोड़ दूंगा ।' कलीराम गम और गुस्से में चिल्लाया । उसकी आवाज सुनकर उसकी मां भागो और उसकी घरवाली किताबो भी झोपड़ी से बाहर आ गयीं । आसपास की झोपड़ियों से कुछ औरतें भी बाहर निकल आयीं ।

'मैं जाता हूं, फिर आऊंगा ।'

'आओगे तो हड्डियां तोड़ दूंगा ।' कलीराम ने जवाब दिया ।

'अब पुलिस के साथ आऊंगा, बेटा !' यह कहते हुए मुंशी रामसुखदास वापस जाने को मुड़ा । रास्ता तो झोपड़ियों के करीब से ही निकलता था, जहां झोपड़ियों से निकलकर औरतें खड़ी हो गयी थीं । मुंशी जब आंखें झुकाये गुजर रहा था तो उसने सुना, मज़दूर औरतें कह रही थीं :

'यह कसाई है ।'

'तेरी औलाद मरे ।'

'तेरा सत्यानाश हो ।'

'दोनों ही हरामजादे हैं–ठाकुर भी और मुंशी भी !' 'कलीराम ने जमीन पर थूकते हुए कहा और अपनी झोपड़ी की तरफ आ गया । औरतें कुछ देर और आपस में बातें करती रहीं ।

रात कलीराम ने भागो से बात की और उसे बताया कि मुंशी क्या कह रहा था और उसने किस तरह के दो कागज उसे दिखाये थे । पहले वाले कागज का तो भागो को पता था क्योंकि सभी खेत–मज़दूरों ने ऐसे ही कागजों पर अंगूठे लगाये थे लेकिन दूसरे कागज के बारे में उसे कुछ मालूम नहीं था । रामफल ने भागो को भी इन चार सौ रुपयों के बारे में नहीं बताया था जो उसने कलीराम के ब्याह पर ठाकुर से कर्ज लिये थे ।

'तो बापू ने मेरे ब्याह पर कर्ज लिया था ?'

'लिया ही होगा, कली ! उसके पास तो कुछ भी नहीं था ।'

'तो मुंशी ठीक ही कहता है। बापू ने तुम्हें और मुझे और किताबो को ठाकुर का गुलाम बना दिया है।'

'उसे मुझसे बात करनी चाहिए थी।' भागो बोली।

'तो इसका मतलब है, हम लोग इस जगह को नहीं छोड़ सकते!'

'कैसे छोड़ सकेंगे, कली?'

बस, इसके बाद इस मामले पर कोई बात न हुई।

जब तक रामफल की जली हुई हड्डियां गंगा के पानी में नहीं बहाई जायेंगी, घर का कोई आदमी खाट पर नहीं सोयेगा। इसलिए भागो, कली और किताबो–तीनों ही जमीन पर सोते थे और कपड़े कम होने के कारण रात-भर ठिठुरते रहते थे।

तीनों खामोश पड़े थे और झोपड़ी का अंधेरा सिसक रहा था। कलीराम की आंखें खुली थीं और दिमाग एकदम सुन्न हो रहा था। उसके बाप ने ठाकुर से चार सौ रुपये कर्ज लेते वक्त उससे क्यों नहीं पूछा था? उसका ब्याह तो फिर भी हो सकता था। वह अपनी मां को लेकर इस बस्ती को छोड़ जाता और कहीं दूसरी जगह जाकर मेहनत-मजूरी कर लेता। अब तो जिंदगी-भर वह इस कैद को भुगतेगा।

रामफल का चौथा हो गया। उसकी हड्डियां गंगा में डालने के लिए तो हरिद्वार जाना होगा और इसके लिए रकम चाहिए थी। जब तक वह यह रकम नहीं जुटायेगा, उसके बाप की जली हुई हड्डियां एक पुराने कपड़े में बंधी सामने के नीम के पेड़ की टहनी से लटकती रहेंगी और उसकी आत्मा भटकती रहेगी। उसे चैन नहीं आयेगा। उस रात रामफल उसे ख्वाब में नजर आया। वह बेहद परेशान था और कलीराम से पूछ रहा था कि उसकी हड्डियां गंगा में क्यों नहीं बहाई जा रही थीं? दूसरी सुबह जब उसने भागो से इस बात का जिक्र किया तो उसने बताया कि यही बात रामफल उससे भी कई बार पूछ चुका था और यही सवाल किताबो से कर चुका था वह। रामफल तो बारी-बारी सभी से कह रहा था कि वे उसकी आत्मा को शांति दिलायें। इस सवाल में तो उन सबका साझा था। यह सवाल तो अब उसने भगतो से भी करना शुरू कर दिया था। इसीलिए उस दिन भगतो अपनी लड़की किताबो के चांदी के जेवर

बेचने के लिए शहर चला गया और जब शाम को लौटा तो उसे लगा, नीम के पेड़ के नीचे रामफल खड़ा है और उसका रास्ता रोकने की कोशिश कर रहा है । वह तेज डग भरता हुआ अपनी झोपड़ी के अन्दर घुस गया ।

अगले दिन कलीराम किताबो के बिके हुए जेवर की बटोरी हुई रकम लिये अपने बाप की जली हुई हड्डियां बोरी में डालकर हरिद्वार चला गया ।

हरिद्वार से वापस आये कलीराम को दो ही दिन हुए थे कि मुंशी रामसुखदास ने उसकी झोपड़ी पर दस्तक दी । उसके आने से कुछ ही देर पहले भगतो उसे बता गया था कि मुंशी उसकी तरफ आ रहा है और उसके साथ पुलिस के दो आदमी भी हैं । सिपाहियों को वह झोपड़ियों से थोड़ी दूर छोड़ आया था । शायद इस गरज से कि जरूरत पड़ी तो उन्हें बुला लेगा । भगतो उसे यह भी समझा गया था कि वह मुंशी से झगड़ा न करे । नहीं तो बात बढ़ जाएगी । दस्तक पर कलीराम बाहर आया ।

'आओ, मुंशी जी !'

'ठाकुर ने भेजा है कि तुम्हारे बाप के दोनों कागजों की रकम एक नये कागज पर चढ़ाकर तुम्हारा अंगूठा लगवाया जाये ।'

'ले आये हो कागज ?'

मुंशी को यह आशा नहीं थी कि कलीराम इस तरह नम्रता से बात करेगा । उसने एक नया कोरा कागज जिस पर कुछ लिखा था, कलीराम के सामने कर दिया ।

'देख लो इसे ।'

'देख लिया है ।'

'पढ़कर सुनाऊं ?'

'कोई जरूरत नहीं । बोलो, कहां लगाऊं अंगूठा ?'

मुंशी ने कागज सामने किया और जेब में से स्याही का डिब्बा निकालकर कलीराम का बायां अंगूठा स्याही से तर किया और कागज पर टेक दिया ।

'अब दफा हो जाओ !' कलीराम यह कहकर झोपड़ी के अंदर

चला गया और मुंशी पेचोताव खाता हुआ वापस चला गया ।

कलीराम ने बिल्कुल अपने बाप की तरह अपने और अपनी घरवाली के गले में अपने हाथ से गुलामी का तौक डाल दिया था । उसे लग रहा था, जैसे उसके गले में फटी हुई जूतियों का हार पड़ा था और बस्ती के सभी बच्चे उस पर आवाजें कस रहे थे । वह सोते-सोते चौंक पड़ा । उसने ख्वाब में देखा था कि वह हवालात में बंद है । पुलिस के सिपाही उसे जूतों से पीट रहे हैं और मुंशी सामने खड़ा कहकहे लगा रहा है ।

'जाग क्यों पड़े हो, कली ? क्या हुआ ?' भागो ने पूछा ।

'नींद नहीं आ रही ।'

'सिर दबा दूं ?'

'नहीं ।'

कलीराम फिर लेट गया । किताबो गहरी नींद सो रही थी क्योंकि अनुभूति की तीक्ष्ण धार उसकी आत्मा में उतरकर उसे तड़पा नहीं रही थी ।

भागो की तबीयत अब और भी बिगड़ गयी थी । रामफल की मौत और अब कलीराम की परेशानी ने उस पर बहुत गहरा असर डाला था । अब तो वह कहीं नहीं जाती थी । खेतों में भी कलीराम को दुगुना काम करना पड़ता था । ले-देकर एक भगतो था, जो उसका दुःख-दर्द बंटाता था । वर्ना तो सब अपनी-अपनी अलग जिंदगी गुजार रहे थे । उसी तरह जी रहे थे जैसे कब्रों में मुर्दा जिस्म पड़े रहते हैं-निःस्पंद, निष्प्राण और निष्क्रिय । भागो दिन-भर खाट पर पड़ी रहती और तमाम रात कराहती और खांसती रहती । एक दिन कलीराम ने गुस्से से कहा-'तुम तो सारी रात सोने भी नहीं देती किसी को ।'

'तकलीफ है बेचारी को, क्या करे ?' किताबो ने उसका पक्ष लिया था ।

लेकिन भागो कुछ न बोली थी । रात के सन्नाटे में आंसू बहाती रही और सोचती रही कि अगर रामफल जिंदा होता तो क्या वह भी उससे इसी तरह बोलता ! वह कभी उससे इस ढंग से बात न करता । ऐसी बात तो

जवान बेटा ही कह सकता है, बूढ़ा खाविंद नहीं । कलीराम की इस बात से भागो को बहुत चोट पहुंची । चोट बहुत गहरी थी और तीखी भी । कोई नस अंदर-ही-अंदर फट गयी थी और धीरे-धीरे खून रिस रहा था और एक ही स्थान पर जमा होता जा रहा था ।

एक दिन भागो की कटी हुई नस से उसके जिस्म का तमाम खून बह गया और वह केवल ढांचा रह गयी । इस खाली ढांचे से उसकी आत्मा धीरे से किसी कमजोर हिस्से पर सेंध लगाकर फरार हो गयी । आत्मा के इस तरह डरकर भाग जाने पर भागो व्यंग्य से मुस्कुरा रही थी । भागो के सूखे हुए होंठ खुले थे और उसकी ज्योतिहीन आंखें खुली थीं । उसका शरीर पाषाण की शिला बन चुका था ।

कलीराम की मां भी उसे छोड़ गयी थी ।

रामफल ने उसे भी अपने पास बुला लिया था ।

भागो मरी तो सारी बस्ती में कोहराम मच गया । मज़दूर औरतें इस तरह रो रही थीं जैसे उनकी कोई सगी मर गयी हो । उसकी अर्थी उठी तो औरतें उसे बस्ती के दसों-के-दसों हिस्सों से गुजारकर ले गयीं । हर झोपड़ी के रहने वाले ने भागो की अर्थी के सामने हाथ जोड़े । दोपहर की उठी हुई अर्थी खेतों के बाहर जलाने के लिए कहीं शाम को पहुंची ।

उन झोपड़ियों में रहने वाला कोई खेत-मज़दूर ऐसा न था जिसने भागो की अर्थी को कंधा न दिया हो । जब कलीराम ने चिता को आग लगा दी तो औरतें दहाड़ें मार-मारकर रोने लगीं । किताबो और उसकी मां का तो रो-रोकर बुरा हाल था । औरतें रात-भर अपनी-अपनी झोपड़ियों के बाहर खड़ी चिता के शोलों को देखती रहीं । उस रात किसी झोपड़ी में न आग जली और न किसी पुरुष या स्त्री ने खाना खाया । उनके बच्चे भी भूखे पेट ही सो गये ।

ऐसी मौत तो कभी किसी ने न देखी थी ।

दूसरे दिन ठाकुर मातमपुर्सी के लिए कलीराम के पास आया । वह अपने साथ मुंशी को भी न लाया था । एकदम अकेला आया था भागो की मौत पर अफसोस करने । उसे वाकई भागो की मौत से दुःख हुआ था ।

'तुम्हें हरिद्वार जाने के लिए रुपयों की जरूरत होगी ।' ठाकुर ने कुछ नोट जेब से निकालकर कलीराम की तरफ बढ़ाये ।

'आपकी मेहरबानी है सरकार !' कलीराम ने रुपये लेने से इन्कार कर दिया ।

'ले लो, बेटा । ठाकुर साहब खुशी से दे रहे हैं ।'

'मुझे जरूरत नहीं ।' उसने बड़ी लापरवाही से जवाब दिया ।

ठाकुर को कलीराम की यह हरकत बुरी लगी । उसने नोट जेब में रख लिये और वापस हो लिया । बहुत-से खेत-मज़दूर उसे बस्ती से बाहर छोड़ने आये ।

'यह आदमी बड़ा बदमिजाज है !'

'नहीं हुजूर ! बेचारे को बहुत सदमा हुआ है । पहले उसका बाप मरा, अब गरीब की मां भी मर गयी ।' भगतो ने बड़ी नम्रता से उत्तर दिया ।

ठाकुर ने उसकी बात का जवाब न दिया लेकिन भगतो को लगा कि वह कलीराम से अप्रसन्न था ।

चौथे के दिन जब कलीराम अपनी मां की हड्डियां चुनने गया तो चिता की गरम राख पर कच्ची लस्सी छिड़ककर ही लौट आया । उसे सभी समझाते रहे कि वह हड्डियों में से हर एक अंग की एक-एक हड्डी चुनकर एक जगह इकट्ठा कर दे, लेकिन उसने किसी की नहीं सुनी । भगतो की भी नहीं । बस, चिता को ठंडा करके घर लौट आया । वह क्या करता मां की हड्डियों को इकट्ठा करके और उन्हें एक कपड़े में बांधकर ? हड्डियों की पोटली तो नीम के पेड़ के साथ ही लटकती रहती । उसके पास तो कोई साधन ही नहीं था उन्हें गंगा में बहाने का । उसका बाप मरा तो भगतो ने किताबो के चांदी के गहने बेचकर उसे हरिद्वार जाने के लिए रकम जुटा दी थी । लेकिन अब तो किताबो के पास एक छल्ला तक न था । उसके पास था ही क्या, जिसे बेचकर वह अपनी मां की हड्डियां हरिद्वार ले जाता । ठाकुर ने उसे भीख देनी चाही थी जिसे उसने ठुकरा दिया था । भीख की रकम से तो उसकी मां की आत्मा को शांति न मिल सकेगी । इससे तो अच्छा है कि उसकी हड्डियां और

राख वहीं पड़ी रहे, जहां उसका मुर्दा जिस्म जला था। तेज हवायें चलेंगी तो उन्हें उड़ाकर कहीं-न-कहीं फेंक ही देंगी। शायद किसी हड्डी का टुकड़ा और राख का कोई कण उड़कर उसकी झोपड़ी की दहलीज तक भी आ जाये। वह उसे चूम लेगा और जिंदगी-भर उसकी पूजा करेगा। कलीराम तो सचमुच पागल हो गया था। उसकी मां जब ख्वाब में आकर उसे झिंझोड़ेगी और कहेगी कि उसकी आत्मा भटक रही है और उसकी मुक्ति नहीं हो रही है, तो वह उससे कहेगा कि वह और भटकती रहे और तब तक भटकती रहे जब तक कि उसके बाप के हाथों उसके भाग्य में लिखी गुलामी और उसके अपने हाथों अपने और किताबो के गले में डाली कैद की तख्ती का वजूद मिट नहीं जाता। उसकी मां की आत्मा को भटकते रहना चाहिए। जब तक हम इन कच्ची झोपड़ियों में कैद रहें, बेबसी पर रोती रहे और अपने बच्चों की तकदीर पर भी गुलामी की गरम-गरम मोहरें लगाती रहे।

भागो की आत्मा भटकती रही। इधर कलीराम का दिल अपनी बेबसी पर रोता रहा। और उधर विशाल खेतों में धूप की गर्मी से बालियों में अशर्फियां ढलती रहीं और ठाकुर के हाथों की पकड़ और मजबूत होती गयी। बस्ती की कच्ची झोपड़ियों में भूख, गरीबी, अज्ञानता और बीमारी परवान चढ़ती रही।

अक्सर रात के अंधेरे में लोगों को भागो झोपड़ियों के बाहर खड़ी नजर आती रही। लेकिन वह अपनी झोपड़ी की दहलीज तक कभी न गयी। अपनी झोपड़ी को तो वह सदा के लिए छोड़ गयी थी। बल्कि उसे तो वह उसी रात छोड़ गयी थी जब उसके बेटे कलीराम ने उसे रात-भर खांसते रहने पर झिड़का था। बेटे के इस तरह झिड़क देने के कारण कौन ऐसी गैरतमंद मां होगी जो उसके घर में रहेगी।

वक्त का एक और रेला ठाकुरों के महल के ऊपर से गुजर गया। अचानक यह खबर फैल गयी कि ठाकुर रिछपालसिंह शिकार के लिए गया था। जब वह अपने कैम्प में बंदूक साफ कर रहा था तो वह अचानक चल गयी, गोली उसकी ठोढ़ी के नीचे से गुजरती हुई दिमाग को चीरती निकल गयी और ठाकुर ने वहीं शिकारगाह में दम तोड़ दिया।

खून से लथपथ उसकी लाश जब महल में लायी गयी तो ठकुराईन ने दोहत्थड़ मार-मारकर अपने-आपको लहूलुहान कर लिया और ठाकुर की लाश पर ही बेहोश होकर गिर पड़ी । ऐसी जवान मौत ठाकुरों के खानदान में कभी नहीं हुई थी ।

महल की ड्योढ़ी खोल दी गयी थी और तमाम शहर ड्योढ़ी के अन्दर जमा हो गया था । जब यह खबर खेत-मज़दूरों की बस्ती में पहुंची तो सब लोग खेतों में काम छोड़कर शहर की ओर भागे । लेकिन उनकी जगह वहीं थी । ड्योढ़ी के बाहर, जहां वे उस दिन कतार बांधकर खड़े हुए थे, जब ठाकुर महीपालसिंह की मौत हुई थी । ड्योढ़ी के भीतर जाने की उन्हें आज्ञा नहीं थी । वे आज भी वहां खड़े थे और खामोशी से आने वालों के उदास चेहरों को देख रहे थे । खेत-मज़दूरों की बस्ती से सभी आ गये थे । एक सिर्फ कलीराम नहीं आया था । भगतो ने उसे साथ चलने को कहा तो उसने इन्कार कर दिया ।

'ठाकुर तो उसी दिन मर गया था, जिस दिन उसने लछमी की इज्जत लूटी थी । मैंने उसकी लाश को उसी दिन आग लगा दी थी । अब वहां जाकर क्या करूंगा ?'

'कलीराम ! तुम ऐसी बातें मत किया करो !' भगतो ने उसे समझाया ।

'तो तुम जाओ, चाचा ! तुम्हारे लिए ठाकुर आज ही मरा है ।'

'तुम क्यों नहीं चलते ?' भगतो ने जोर देकर कहा ।

'इसलिए कि मुझे एक साथ कई मातम करने हैं । अपने बाप का, अपनी मां का और उन दोनों ठाकुरों का, जो मरने से पहले कई मौतें मर चुके थे ।' कलीराम ने रोष जताया ।

'तुम पागल हो जाओगे, कली !'

'मैं तो पहले से ही पागल हो रहा हूं, चाचा !'

भगतो ने बहस नहीं की । कलीराम उसका दामाद था और उसे अच्छा भी लगता था । उसकी यही बात तो उसे सबसे ज्यादा पसंद थी कि वह गलत आदमी का साथ नहीं देता था । इसीलिए तो उसकी ठाकुर के मुंशी से अनबन रहती थी ।

बड़ा ही हृदयविदारक दृश्य था ठाकुर की अर्थी का । हर आंख में आंसू थे और हर होंठ पर आह थी । लेकिन इधर कली ठीक उसी जगह खड़ा था । खेतों के ठीक बीच, जहां एक शाम लछमी की अधनंगी लाश मिली थी । वहीं खड़े-खड़े अपने ख्यालों में ही उसने लछमी के हत्यारे ठाकुर रिछपालसिंह के शव को चिता में रखकर आग लगा दी थी ।

दाह-संस्कार के बाद बस्ती के मज़दूर जब सांझ को लौटे तो बेहद उदास और गमगीन थे । भगतो की हालत भी वैसी ही थी । यह घोषणा की गयी थी कि तीन दिन खेत-मज़दूरों की बस्ती में सोग रहेगा और कोई मज़दूर काम पर नहीं जायेगा ।

'वहां हम चले तो गये थे लेकिन इतनी भीड़ में किसी ने हमें पहचाना नहीं ।' भगतो ने कलीराम से कहा ।

'तुम लोग ठाकुर की मौत पर अफसोस करने गये थे या इसलिए गए थे कि कोई तुम्हें पहचाने ?'

'हम में से अगर कोई भी वहां न जाता तो कोई फर्क न पड़ता ।'

'जरूर फर्क पड़ता । मुंशी को मालूम हो जाता कि खेत-मज़दूर नहीं आये थे ।'

फिर क्या होता ?'

'फिर कुछ भी न होता, इसीलिए तो मैं नहीं गया ।' कलीराम ने कहा ।

'तुमने अच्छा ही किया ।'

भगतो यह जवाब देकर अपनी झोपड़ी की तरफ चला गया ।

कुछ दिनों के पश्चात् किसी ने यह खबर फैला दी कि ठाकुर रिछपालसिंह अचानक बंदूक चल जाने से नहीं मरा बल्कि उसे मारने के लिए बाकायदा साजिश की गयी थी । यह खबर भी ठाकुर परिवार के उसी पंडित के कारण ही फैली थी, जो ठाकुर के महल और बाहरी दुनिया के बीच पुल का काम देता था । पंडित परसराम का जागीरदारी के इस निजाम को कायम रखने में बहुत बड़ा हाथ था ।

ठाकुर रिछपालसिंह का बड़ा भाई ठाकुर निहालसिंह था जो शहर में अलग रहता था । पिछले कई वर्षों से दोनों भाईयों के सम्बंध अच्छे नहीं

थे और अब कुछ समय से ज्यादा ही बिगड़ गये थे । रिछपालसिंह के यहां कोई औलाद न थी । उसे किसी लड़के को गोद लेना था जो उसके बाद तमाम जागीर का वारिस होगा । निहालसिंह जोर दे रहा था कि उसके लड़के को गोद लिया जाये । रिछपालसिंह को तो कोई एतिराज न था लेकिन ठकुराईन चाहती थी कि उसके भाई के लड़के को गोद लिया जाये । पिछले एक बरस से यह कशमकश चली आ रही थी । कोई फैसला नहीं हो पा रहा था और मामला टलता जा रहा था । निहालसिंह ने इसी बीच रिछपालसिंह से सम्बंध सुधार लिये थे परन्तु अब वह इस बात पर जोर न देता था कि उसके लड़के को गोद लिया जाये । वह रिछपालसिंह को और ही बातों में उलझाये रखता–शिकार, मुजरा, सैर–सपाटा । इस तरह मामला टलता जा रहा था । मामले का टलते रहना ही उसके लिए ठीक था । ठकुराईन जब भी अपने भाई के लड़के को गोद लेने की बात करती, रिछपालसिंह यह कहकर टाल देता कि इतनी जल्दी की क्या जरूरत है ? बल्कि एक बार तो लड़के को भी महल में बुलवा लिया गया और उसे गोद लेने की रस्म अदा करने की भी तैयारियां होने लगीं । वह तो ठाकुर की मां राजमाता की हालत अचानक बिगड़ जाने की वजह से सारा प्रोग्राम स्थगित करना पड़ा । निहालसिंह की मंशा यह थी कि गोद लेने का मामला टलता रहे और इस बीच में रिछपालसिंह को कत्ल करवा दिए जाये । फिर निहालसिंह का लड़का क्या, खुद निहालसिंह इस तमाम जागीर का मालिक बन जाएगा । एक बार जब ठाकुर रिछपालसिंह अपने खेत देखने गया तो निहालसिंह भी उसके साथ था । उधर से ही उन्हें शिकार के लिए जाना था जिसके लिए तमाम प्रबंध पहले से ही मुकम्मल कर लिये गये थे । पकी हुई फसल यों लगती थी, जैसे सोने के अंबार लगे हों । निहालसिंह ने जब यह दृश्य देखा तो हैरान रह गया ।

'रिछपाल ! तुमने तो कमाल ही कर दिया है । यह बंजर धरती तो सोना उगल रही है ।'

'बहुत मेहनत करनी पड़ती है, भाई साहिब !'

'तुम्हें ?'

'मुझे तो नहीं, इन सैकड़ों मज़दूरों को, जो सिर्फ कर्जे की रकम न चुका सकने के कारण हमारे दास बन गये हैं ।'

'तो इस ओर दासवंश बन रहा है ।' निहालसिंह ने हंसते हुए कहा ।

'न बनेगा तो आपकी बादशाही कैसे कायम रहेगी, भाई साहिब ?' रिछपालसिंह ने भी हंसते हुए उत्तर दिया ।

निहालसिंह ने उसी दिन अपने दिमाग में सारा प्लान बना लिया था । रिछपालसिंह से अब वह आग्रह नहीं करेगा कि वह उसके बेटे को गोद ले बल्कि कहेगा कि उसे इतनी जल्दी किसी को गोद लेने की जरूरत क्या थी ? मामला टलता जायेगा और इससे पहले कि गोद लेने की रस्म अदा करने का अवसर आये, रिछपालसिंह की क्रिया-कर्म का प्रबंध कर दिया जायेगा । बड़ा भाई अपने छोटे भाई के लिए कितनी शुभ कामनायें अपने मन में पाल रहा था ! उस शाम शिकार में जो भी जानवर मरा, वह रिछपालसिंह की फेहरिस्त में लिखा गया । यही दिखाया जाता रहा कि निहालसिंह का निशाना तो हर बार चूकता ही रहा था । निहालसिंह का यह अंदाज था रिछपालसिंह को खुश करने का । रिछपालसिंह सचमुच उस दिन अत्यंत प्रसन्न था । नशे के आलम में उसे जो कुछ नहीं भी कहना चाहिए था, वह भी कह गया । अपनी ढंकी-छिपी प्रेम-लीलायें, तहखाने में दबे मोतियों के भेद, ठकुराईन से अपने झगड़े । निहालसिंह एक मंजे हुए खिलाड़ी की तरह रिछपालसिंह की हर विजय पर वाह-वाह करता रहा और अपनी पराजय खुशी से स्वीकार करता रहा ।

'मुझे तो गर्व है कि मेरा छोटा भाई इतना काबिल और होशियार है !' निहालसिंह ने उसकी प्रशंसा करते हुए कहा ।

'भाई साहिब ! जिम्मेदारियां सब कुछ सिखा देती हैं । बड़े ठाकुर के मरने से पहले मैं भी तो एकदम बुद्धू था ।'

'नहीं, तुम कभी बुद्धू नहीं थे । बड़े ठाकुर ने मुझे क्यों न ले लिया गोद । तुम्हें ही क्यों चुना उसके लिए ?'

'यह सब भाग्य की बात है, भाई साहिब ! अक्ल और होशियारी किसी काम नहीं आती । सिर्फ सितारे काम आते हैं ।'

'तुम्हें सितारों पर इतना विश्वास है ?'

'बहुत विश्वास है मुझे तो । यह जो आज हम एक-दूसरे के पास बैठकर आनन्द ले रहे हैं, यह भी सब सितारों के ही कारण है ।'

'और जब हम एक-दूसरे से बात तक न करते थे, वह क्या था ?'

'वह भी सितारों का ही खेल था ।'

'तो तुम्हारा ख्याल है, मेरे सितारे मजबूत होते जा रहे हैं ?'

'मुझे तो ऐसा ही लगता है ।'

'तुम मुझे क्यों नहीं गोद ले लेते, यार ?'

निहालसिंह के इस प्रश्न पर रिछपालसिंह ने अपने दोनों हाथ उसके घुटनों पर रख दिए ।

'मैं तो आपका बच्चा हूं, भाई साहिब ! आप कैसी बात करते हैं ?'

निहालसिंह ने अपने छोटे भाई के हाथ अपने हाथ में लेकर दबा लिये और कहा–'भगवान तुम्हें सलामत रखे ।'

जब अगले दिन वे शिकार के कैम्प से वापस शहर पहुंचे तो निहालसिंह ने न केवल सारा प्लान ही बना लिया था बल्कि उसमें जहां-जहां संशोधन की आवश्यकता थी, वह भी कर लिया था ।

उस रोज की बनाई हुई योजना के अनुसार शिकार के दौरान रिछपालसिंह के हाथ में पकड़ी बंदूक अचानक चल गयी थी और उसने उसी पल घटना-स्थल पर ही दम तोड़ दिया था ।

क्योंकि रिछपालसिंह की कोई औलाद न थी और उसने किसी को गोद भी नहीं लिया था, इसलिए तमाम जागीर और जायदाद का वारिस उसका बड़ा भाई निहालसिंह ही था । कुछ रोज तक विरासत का मामला कचहरी में भी चलता रहा । विरासत के दावेदार अचानक कई और भी निकल आये थे, इसलिए मामला तूल खींच गया । जिस रोज कचहरी के निर्णय के अनुसार ठाकुर निहालसिंह तमाम जागीर और जायदाद का वारिस बना, उस रोज निहालसिंह ने ठाकुरों के महल में जाकर अपने स्वर्गवासी छोटे भाई की बीवी से मिलने की कोशिश की । उसने मिलने से इन्कार कर दिया । निहालसिंह ने महल से लौटते हुए केवल इतना कहा–'रस्सी जल गयी पर बल न गया ।'

जब मुंशी रामसुखदास कुछ कहने के लिए उसके निकट आया तो

उसने झिड़क दिया–'मैं कुत्तों को मुंह नहीं लगाया करता ।'

अगले रोज उसने स्वर्गवासी रिछपालसिंह की ठकुराईन से तहखाने की चाबी मंगवा भेजी । उसने चाबी देने से इन्कार कर दिया । वह चाहता भी यही था । कचहरी की मदद से मजिस्ट्रेट के सामने तहखाने का बड़ा लोहे का ताला तुड़वाया गया और अंदर जो कुछ पड़ा था, उसकी सूचियां बनवाई गयीं । निहालसिंह को तो कभी अंदाजा भी न हुआ था कि तहखाने में इतनी दौलत जमा थी । उसने वे तमाम कागजात जिनका सम्बंध खेतों से और खेत–मज़दूरों से था, अपने कब्जे में कर लिये और तहखाने में नया ताला डाल कर उसकी चाबी अपनी जेब में डाल ली । मजिस्ट्रेट और पुलिस के जाने के बाद उसने मुंशी रामुसखदास को बुलाया और कहा–'तुमने खेत–मज़दूरों पर बेहद जुल्म किये हैं और बेईमानी से बहुत सारी रकम इकट्ठी की है । तुम्हें नौकरी से बर्खास्त किया जाता है ।'

'मैं तो ठाकुर खानदान का बहुत पुराना सेवक हूं । उतना ही पुराना जितना कि पंडित परसराम है ।'

'मैंने पंडित को भी महल में दाखिल होने से मना कर दिया है । तुम दोनों नमकहराम हो ।'

'सरकार ! मैं तो बर्बाद हो जाऊंगा ।'

'जागीरदारों के कारिंदे इतनी जल्दी बर्बाद नहीं हो सकते । तुम जा सकते हो ।'

मुंशी रामसुखदास चला गया । उसके लिए और कोई चारा नहीं था ।

ठाकुर निहालसिंह दो घोड़ों वाली बग्घी पर बैठकर अपने शहर वाले मकान में लौट आया । शाम को उसकी ठकुराईन ने गरीबों के लिए अनाज की बोरियां खुलवा दीं और सारे मकान को चिरागों से जगमगा दिया । प्रथा के अनुसार शहर की एक प्रसिद्ध गानेवाली का मुजरा हुआ और ठाकुर ने ईनाम में उसे सोने का हार दिया । जब रात के पिछले पहर महफिल बर्खास्त हुई और वह अपने सोने के कमरे में आया तो उसने देखा, ठकुराईन सज–धजकर मंदिर जाने की तैयारी कर रही थी ।

'यह आधी रात को कहां जा रही हो ?'

'मंदिर जा रही हूं । सुबह तक पूजा करूंगी ।'

'मैं तो पूजा खत्म करके आ रहा हूं ।'

'तुम्हारी और मेरी पूजा में अंतर है ।'

'ठकुराईन ! अब भी फर्क रखोगी तो गाड़ी नहीं चलेगी ।'

'अरे वैसा फर्क नहीं, यह तो भगवान वाला फर्क है ।'

'तो भगवान को भी ठग रही हो ?'

'तुमने अगर सारी दुनिया को ठगा है तो मैं एक बेचारे मासूम-से भगवान को भी धोखा नहीं दे सकती ?'

'जरूर दे सकती हो ।'

उसी समय नीचे प्रतीक्षारत बग्घी में जुते घोड़ों में से एक घोड़ा हिनहिना उठा ।

कलीराम ने भागो की मौत पर स्वर्गवासी ठाकुर के दिये हुए रुपये वापस करके खेत-मज़दूरों के दिलों में अपने लिए बड़ी इज्जत पैदा कर ली थी । उसकी जगह कोई और होता तो ठाकुर की पेशकश को इस तरह से न ठुकरा सकता । उसकी मां की जली हुई चिता की भुरभुरी राख के कण तेज हवाओं ने न जाने कहां-कहां बिखरा दिये थे । लेकिन खेत-मज़दूरों ने उसकी आवाज को पहचानना शुरू कर दिया था । वे लोग तो उसके बाप रामफल का भी बहुत सम्मान करते थे । मगर वह कभी-कभी नशे के बाद बेकाबू हो जाता था । कलीराम में तो कोई भी अवगुण न था । वह या तो खेतों में काम करता, या अपनी झोपड़ी के बाहर मौन बैठा रहता । कभी मज़दूरों में आपसी मनमुटाव हो जाता तो सभी उसके पास आते और जो फैसला वह करता, उसे खुशी से स्वीकार करते । कलीराम एक तरह से अपनी बिरादरी का सर्वसम्मति से चुना गया अगुवा बन गया था । उससे भगतो का सम्मान भी बढ़ गया था और उसकी घरवाली का भी ।

कुछ दिनों के पश्चात् दोपहर से कुछ पीछे एक आदमी खेत-मज़दूरों की बस्ती में आया । यह नये ठाकुर का मुंशी था जिसने मुंशी रामसुखदास की जगह ली थी । जिस शख्स से उसकी सबसे पहली मुलाकात हुई, वह

भगतो था ।

'मुझे नये ठाकुर साहिब ने भेजा है । मैं उनका मुंशी हूं ।'

'पहले वाले मुंशीजी कहां गये ?'

'नये ठाकुर ने उसे नौकरी से निकाल दिया है ।'

भगतो ने अपनी झोपड़ी से चारपाई निकाली और मुंशी से बैठने को कहा ।

'क्यों निकाल दिया उसे नौकरी से ?'

'यह मुझे मालूम नहीं ।'

'आपका नाम ?'

'भलेराम ।'

'नाम तो बहुत अच्छा है ।' भगतो ने कहा और साथ ही घड़े से एक घटिया-से गिलास में पानी उड़ेलकर पेश किया ।

'मुझे प्यास नहीं ।'

'मज़दूरों के पानी को नहीं ठुकराया करते, मुंशी जी ।'

भलेराम ने पानी का गिलास ले लिया और उसमें से एक घूंट पानी पीकर गिलास चारपाई के नीचे रख दिया ।

'कैसे आये हो, मुंशी जी ?' भगतो ने पूछा ।

'कल नये ठाकुर साहिब आयेंगे अपने खेत देखने और तुम लोगों से मिलने ।'

'जरूर आयें । हम सब उन्हीं की तो प्रजा हैं ।'

भगतो ने ज्यों ही मुड़कर पीछे देखा, कलीराम आ रहा था उनकी तरफ ।

'कलीराम आ रहा है । उससे बात कर लो ।'

'यह कलीराम कौन है ?'

'मेरा दामाद ।'

'ससुर से बात कर ली, यह काफी नहीं ?'

इतने में कलीराम भी उनके पास पहुंच गया ।

'कली बेटा ! ये भलेराम हैं, नये ठाकुर के नये मुंशी ।'

'नये मालिक ने किरायेदार भी नया रख लिया !' कलीराम हंसा ।

मुंशी भलेराम सिटपिटा गया और चारपाई से उठ खड़ा हुआ ।

'बैठो मुंशी, उठ क्यों रहे हो ?'

'कल नये ठाकुर आयेंगे अपने खेत देखने ।'

'तो आये नया ठाकुर, कौन रोकता है उसे !' कलीराम बोला ।

'उन्होंने चाहा है कि उनका ठीक तरह से स्वागत किया जाये ।' मुंशी भलेराम बोला ।

'यहां तो हर तीसरे दिन ठाकुर बदलते रहते हैं । हम क्या करें, हमारे पास इन बातों के लिए समय नहीं है ।'

मुंशी भलेराम तैश में आ गया ।

'तुम्हारे होश ठिकाने नहीं हैं ।'

निकल जाओ मुंशी भलेराम इस बस्ती से और ठाकुर को कह दो कि यहां कोई उसका स्वागत नहीं करेगा ।'

भगतो मुंशी का हाथ पकड़कर उसे एक तरफ ले गया ।

'पुराने ठाकुर ने बहुत जुल्म कर रखे हैं । हवा बिगड़ी हुई है । बुरा मत मानना ।'

भगतो की बात सुनकर मुंशी भलेराम चुप रहा । उसकी भी नयी-नयी नौकरी थी । वह भी उससे झगड़ा करना नहीं चाहता था । लेकिन कलीराम के बर्ताव से वह सचमुच बहुत नाराज था ।

भगतो के बार-बार समझाने के बावजूद कलीराम नहीं माना । उसने खेत-मज़दूरों से यही कहा कि जो ठाकुर के स्वागत के लिए जाना चाहें, जरूर जायें । उसकी ओर से कोई मनाही न थी । लेकिन वह नहीं जायेगा ।

और हुआ भी यही । अगले दिन जब नये ठाकुर की बग्घी बस्ती के बाहर रुकी तो सिवाय कुछ ही खेत-मज़दूरों के वहां कोई भी मौजूद न था । वे भी वही मज़दूर थे जो इन खेतों में काम करने के लिए नये-नये आये थे । पुराने मज़दूरों में से कोई भी नहीं था । परन्तु भगतो जरूर मौजूद था ।

ठाकुर निहालसिंह यह देखकर आग-बबूला हो गया ।

'मुंशी भलेराम, यही तुम्हारा प्रबंध है ?'

मुंशी कुछ नहीं बोला ।

'वे तो सब खेतों में आपका इंतिजार कर रहे हैं, सरकार ।'

'लेकिन मुंशी ने तो कहा था कि वे लोग यहां खड़े होंगे ।'

'काम का जोर है, इसलिए सब लोग खेतों में हैं । आप आइये ।'

'नहीं । तुम गधे हो ।'

'नये ठाकुर ! बड़े आदमी इस तरह नहीं बोलते ।' भगतो ने कहा ।

'तुम मुझे नसीहत करते हो ? तुम्हारी जबान बहुत लम्बी है ।' ठाकुर ने भौंहे चढ़ाकर कहा ।

'अच्छा, राम-राम, ठाकुर ।' यह कहकर भगतो बस्ती की ओर मुड़ गया । जितने खेत-मज़दूर वहां खड़े थे, वे भी उसके पीछे-पीछे चल पड़े ।

'तुम हरामजादे हो ।' ठाकुर ने मुंशी से कहा ।

'सरकार.... !'

'सरकार का बच्चा !' ठाकुर ने मुंशी को अपना वाक्य भी पूरा न करने दिया ।

'चलो वापस ।' उसने कोचवान को इशारा किया और फौरन बग्घी में बैठ गया और मुंशी के बैठने का भी इंतिजार न किया । मुंशी भलेराम बेचारा वहीं खड़ा रह गया ।

ठाकुर निहालसिंह को खेत-मज़दूरों के साथ हुआ पहला अनुभव बहुत ही कड़वा लगा । वह स्वभाव से बहुत तेज नहीं था, वर्ना वहीं झगड़ा हो जाता । शहर वापस पहुंचकर उसने खेत-मज़दूरों के सारे कागजात देखे । वे सब तहरीरें ठाकुर रिछपालसिंह के नाम थीं । अब इन सब कागजों को बदलवाना होगा और नये सिरे से सबके अंगूठे लगवाने होंगे । उस वक्त तो कानूनी तौर पर सब खेत-मज़दूर आजाद थे क्योंकि ठाकुर रिछपालसिंह मर चुका था । इसलिए उससे की हुई कोई भी तहरीर रद्द समझी जा सकती थी । उसने अपने मन में यह निर्णय किया कि वह ख़ुद अब उनकी बस्ती में नहीं जायेगा । अपने कारिंदों को भेजकर ही नये कागज तैयार करवायेगा । इसमें उसे जल्दबाजी से काम नहीं लेना चाहिए । ऐसा न हो कि सभी खेत-मज़दूर भाग खड़े हों और सोना उगलते

हुए खेत मिट्टी का ढेर बनकर रह जायें। मुंशी भलेराम तो बिल्कुल बेअक्ल है। उससे यह काम न हो सकेगा। पुराने मुंशी से ही मशविरा करना होगा। अगले दिन उसने मुंशी रामसुखदास को बुलवा भेजा और सभी खेत-मज़दूरों के बारे में जानकारी हासिल की। उसने यह समझ लिया कि सख्ती से काम नहीं चलेगा। एक बार नये कागजों पर उनके अंगूठे लग जायें, फिर वह उनसे निपट लेगा। आखिर वे उसी के खेत-मज़दूर तो थे।

अतः चार दिन के बाद उसने मुंशी रामसुखदास और नये मुंशी भलेराम और अपने कुछ कारिंदों को इस काम पर लगा दिया। उन्हें हिदायत दी कि वे कोई गलत शब्द जबान से न निकालें और नरमी से काम लें। अगर एक मज़दूर ने भी कागज पर अंगूठा लगाने से इन्कार कर दिया तो सभी मज़दूर इन्कार कर देंगे। उसने यह हिदायत विशेष तौर पर दी कि वे भगतो और उसके दामाद कलीराम से बड़ी समझदारी से काम लें। जो जानकारी ठाकुर ने प्राप्त की थी, उससे यही मालूम हुआ था कि खेत-मज़दूरों की सारी-की-सारी बिरादरी को इन दोनों पर अटूट विश्वास है।

यह एक ऐसा अवसर था जिससे खेत-मज़दूर फायदा उठा सकते थे। अगर उनका नेता पढ़ा-लिखा होता और उनकी व्यवस्था ठीक होती तो एक ऐसा क्षण आ गया था, जब वे बगावत की आवाज उठा सकते थे और अपनी गर्दनों में पड़े गुलामी के तौक को उतारकर फेंक सकते थे। वे सब इन कच्ची झोपड़ियों की दीवारों और खेतों की हदों से बाहर निकलकर अपने सामने फैली विशाल दुनिया में प्रवेश कर सकते थे। इस तरह एक नये जीवन की शुरूआत कर सकते थे और पुरानी जिंदगी से एकदम अपना नाता तोड़ सकते थे। लेकिन उनका लीडर जिस पर सबकी आस्था थी, अनपढ़ था, अनुभवहीन था और भावुक था। वह ठीक निर्णय नहीं कर सकता था। इसलिए साझे फैसले के गलत होने की संभावना थी। जब मुंशी रामसुखदास और भलेराम कुछ और कारिंदों के संग खेत-मज़दूरों की बस्ती में आये तो उन्होंने सिर्फ कलीराम और भागो से ही बात की। किसी दूसरे खेत-मज़दूर से वे

नहीं मिले ।

'एक ही मुंशी कम नहीं था, अब दूसरा भी साथ मिल गया है ।' कलीराम ने कड़वाहट से कहा ।

'हम दोनों तो नौकर हैं, आपके भी और ठाकुर के भी ।' रामसुखदास ने जवाब दिया ।

'हमसे ठगी मत करो, मुंशी !'

'मैंने ठाकुर को यहां आने से रोक दिया था ।'

'तुमने ठीक ही किया, मुंशीजी ।' भगतो ने कहा ।

'तो बोलो, क्या करने आये हो ? मेरे पास समय नहीं है ।' कलीराम ने रामसुखदास को सम्बोधित किया ।

'आप सबके नये कागज बनवाने हैं ।'

'कैसे कागज ?'

'वे जो पुराने ठाकुर के पास थे ।'

'भेज देना, हो जायेंगे ।'

'ऐसे कैसे हो जायेंगे ! सबसे बात करनी होगी । मज़दूरों की पंचायत बुलायेंगे ।' भगतो ने टोका ।

'हमारे लिए तो तुम दोनों ही पंच हो । जैसा तुम और कलीराम कहोगे, सब लोग वैसा ही करेंगे ।'

'नहीं, यह हरएक का अपना-अपना मामला है । हम सबकी जिम्मेदारी कैसे ले सकते हैं ?'

मुंशी ने महसूस किया कि बात बिगड़ने लगी थी ।

'आप चाहें तो सबसे बात कर लें । नये ठाकुर को कोई एतिराज नहीं ।' उसने बात का रुख बदल दिया ।

'चाचा ! तुम किस बखेड़े में पड़ रहे हो ! इनसे सबके कागज लो और इन्हें जाने दो ।' कलीराम ने टोक दिया ।

मुंशी रामसुखदास के इशारे पर भलेराम ने तमाम कागजात कपड़े के एक बस्ते में से निकाल कर कलीराम के सामने रख दिये ।

यह बहुत बड़ा खतरा मोल लिया था उसने । अगर कलीराम ने सारे-के-सारे कागज फाड़ डाले या जला डाले तो वे क्या कर लेंगे

उसका ? इसके सिवा कोई चारा भी तो नहीं था । या तो उन्हें नये कागजों पर अंगूठे लगकर वापस मिल जायेंगे या फिर कल सुबह ये तमाम झोपड़ियां खाली हो जायेंगी । यहां कोई भी न रहेगा । खेत-मज़दूरों का एक पूरा काफिला किसी नयी मंजिल की तलाश में निकल पड़ेगा । कलीराम ने बड़ी लापरवाही से तमाम कागज मरोड़कर एक ओर रख दिये और कहा– 'कल शाम आकर ये कागज ले जाना । अब दफा हो जाओ ।' कलीराम ने दोनों मुंशियों को डांट दिया ।

वे दोनों खिसियानी-सी हंसी हंसकर चारपाई से उठे और बस्ती से बाहर जाने वाली पगडंडी पर हो लिये । सारे रास्ते उन दोनों ने आपस में कोई बात न की ।

जब वापस आकर उन्होंने घटना का सारा विवरण ठाकुर को सुनाया तो क्षण-भर खामोश रहकर उसने कहा–'तुमने एक बड़ा ही खतरनाक कदम उठाया है ।'

'इसके सिवा कोई चारा नहीं था, सरकार !'

'अगर वे कागज मुझे वापस न मिले तो दोनों को गोली मार दूंगा ।'

'दो दिन इंतिजार करें, सरकार !' मुंशी रामसुखदास बोला ।

'मैं चार दिन इंतिजार करूंगा और इसके बाद तुम दोनों की लाशें कुत्ते खायेंगे । दफा हो जाओ अब !'

दोनों मुंशी सिर झुकाये ठाकुर के मकान की ड्योढ़ी से बाहर निकल आये । अब उन्हें अपनी गलती का एहसास होने लगा था । कागज उन्हें किसी भी हालत में कलीराम को नहीं देने चाहिए थे । दोनों एक गली के मोड़ पर पल-भर रुके और फिर एक-दूसरे से एक भी शब्द कहे बिना अपनी-अपनी राह हो लिये ।

मुंशी रामसुखदास और भलेराम के जाने के बाद कलीराम और भगतो में बहुत देर तक बात होती रही । भगतो कलीराम से सहमत नहीं था । उसका विचार था कि कलीराम को सब खेत-मज़दूरों के कागज नहीं लेने चाहिए थे । यह हरएक का निजी मामला था ।

'तो मैं कल ही लौटा दूंगा सब कागज । शहर जाकर ठाकुर को दे आऊंगा ।'

'मेरा यह मतलब नहीं, कलीराम ! इतनी बड़ी जिम्मेदारी अपने सिर नहीं लेनी चाहिए ।'

'तो क्या करूं अब ?'

'कल किसी मजूर ने अंगूठा लगाने से इन्कार कर दिया तो क्या होगा ?'

'वह उस समय देखेंगे ।'

'तुम्हारी मर्जी । इसमें कोई भेद है जो मुंशी तुरन्त ही सारे कागज दे गया है ।'

भगतो की बात सुनकर कलीराम सोच में पड़ गया ।

'क्या भेद हो सकता है ?'

'मालूम होता, तो बता न देता !'

'तुम्हारी क्या सलाह है, चाचा ?'

'मैं तो उस समय भी टोक देता । यह सोचकर चुप रहा कि कहीं तुम नाराज न हो जाओ ।'

'टोक देते तो ठीक ही होता ।'

'अब तो समय बीत गया, कल सबसे बात कर लेंगे । देखें, उनकी क्या मर्जी है ?'

'भगतो से बात करने के पश्चात् कलीराम अपनी झोपड़ी में लौट आया । किताबो दाल चुन रही थी ।

'बहुत देर कर दी आज ।'

'चाचा के पास रुक गया था ।'

यह उत्तर देते हुए उसने कागजों का सारा पुलिंदा चारपाई पर फेंक दिया ।

'ये रद्दी कागज कहां से उठा लाये हो ?'

'बड़े काम के कागज हैं ।'

'क्या है इनमें ?'

'इनमें हम सबकी जिंदगी है । अब हमारे नाम नये ठाकुर के खाते में चढ़ेंगे ।'

'देखूं तो ।' किताबो दाल की थाली को एक ओर रखकर वे तमाम

कागज देखने लगी ।

'इन सब पर तो अंगूठों के निशान हैं । किसके अंगूठे हैं ?'

'यह हम में से हर खेत-मजूर का अंगूठा है जो ठाकुर के खेतों में काम करता है । जब तक ये अंगूठे रहेंगे, हम ठाकुर के कैदी बने रहेंगे ।'

'मैं इन सबको चूल्हे में फेंक देती हूं । फिर तो कोई कैद न रहेगा ।' यह कहकर किताबो ने कागजों का सारा पुलिंदा चूल्हे में फेंकने के लिए उठा लिया ।

'ऐसा मत करना । गजब हो जायेगा ।'

कलीराम की बात सुनकर किताबो ने हाथ रोक लिया वर्ना वह तो सब कागजों को चूल्हे में फेंकने को थी । वह बहुत देर तक चिराग की मद्धिम रोशनी में एक सौ के करीब कागजों को अपने सामने फैलाकर देखता रहा और उस कागज को पहचानने की कोशिश करता रहा जिस पर उसके अपने अंगूठे का भी निशान था । यही लगाकर तो उसने अपने बाप की कमाई हुई गुलामी विरासत में हासिल की थी । हजार कोशिश के बावजूद वह कागज को न पहचान सका जिस पर उसके अंगूठे का निशान था । उसने झुंझलाकर सभी कागज एक तरफ फेंक दिये और नये कागजों को बस्ते में लपेटकर एक ओर रख दिया ।

दूसरे दिन भगतो ने सब खेत-मज़दूरों को इकट्ठा किया और उनसे पूछा कि क्या वे नये कागजों पर अंगूठा लगाने पर रजामंद थे ।

'तुम जो कहोगे, हमें मंजूर है ।' सबका साझा उत्तर था ।

'लेकिन यह तो सबका अपना-अपना मामला है ।' कलीराम बोला ।

'अब हमारा कोई भी मामला अलग नहीं । हम सबका एक ही मामला है ।'

'कौन-सा मामला ?'

'तुम्हारी बात मानना ।'

यह सुनकर भगतो को लगा कि कलीराम हर तरफ से घिर गया है और अब वह इस घेरे से बाहर नहीं निकल सकेगा ।

'मैं कहूं, तुम खेतों में बने दोनों कुओं में कूद पड़ो तो तुम...।'

'हम कूद पड़ेंगे ।' सबका स्वर एक-साथ गूंजा ।

'तो कल मुंशी को अपने-अपने कागज पर अंगूठे लगाकर दे देना ।'

'दे देंगे ।' वही स्वर था ।

कलीराम पर उन लोगों का कितना गहरा विश्वास था ! यह देखकर भगतो को बजाय खुशी होने के अफसोस हुआ । कुछ समय गुजरने पर कलीराम अपने किये पर पछतायेगा यही सोचते-सोचते वह अपनी झोपड़ी की तरफ चला गया । कलीराम से उसने और कोई बात न की । वह तमाम दिन इसी उधेड़-बुन में रहा । कलीराम और किताबो खुद ही उसकी झोपड़ी में आ गये । किताबो को अपनी मां से मिले बहुत दिन हो गये थे । इसलिए वह भी कलीराम के साथ आ गयी थी । किताबो अपनी मां के पास बैठी बातों में जुट गयी और भगतो और कलीराम बाहर नीम के पेड़ के नीचे चारपाई डालकर बैठ गये । भगतो ने बात शुरू की–

'कलीराम ! यह बड़ा जोखिम का काम है ।'

'है तो सही, चाचा ! पर अब करूं क्या ?'

'अगर सारे मजूर नये कागजों पर अंगूठे लगा देते हैं तो वे और उनकी औलाद सदियों तक ठाकुर के गुलाम बन जायेंगे ।'

'अगर वे ऐसा नहीं करते ?' कलीराम ने पूछा ।

'तो वे आजाद हैं । जहां चाहें, जा सकते हैं ।'

'पर वे जायेंगे कहां ? सवाल यही है, चाचा । वे एक कैदखाने से निकलकर किसी दूसरे कैदखाने में बंद हो जायेंगे ।'

'उन्हें कैद से छूटने का मौका तो देना चाहिए ।'

'तो तुम सबसे कह दो, वे किसी कागज पर अंगूठा न लगायें । मैं उनके कागज जला दूंगा । कानून उनका कुछ नहीं बिगाड़ सकता । वे ये खेत छोड़कर जहां चाहें, चले जायें ।'

'और तुम ?'

'मैं भी चला जाऊंगा ।'

'और मैं ?' भगतो ने पूछा ।

'तुम आज ही चले जाओ । आज रात ही । जेल से भागने वाला

पहला कैदी भगतो चाचा होगा ।'

'और आखिरी कैदी ?'

'जेल से भागने वाले आखिरी कैदी को गोली लगती है । आजाद तो वही कैदी हो सकते हैं, जो पहले भाग जायें । मैं जेल से भागने वाला आखिरी कैदी रहूंगा ।'

'और तुम्हें गोली लगेगी ?'

'हां !'

'और तुम मर जाओगे ?' भगतो ने रुंधी हुई आवाज में पूछा ।

'नहीं, आजादी कभी नहीं मरती, सिर्फ शक्लें बदलती हैं । मैं ही नहीं मरूंगा, मेरे साथ खेत-मजूरों की परथा भी मर जायेगी । उसके बाद कोई ठाकुर किसी खेत-मजूर को अपने खाते में कैद नहीं रखेगा ।'

यह कहकर कलीराम भगतो की झोपड़ी से चला आया । वह अपने-आप में इस कदर डूबा हुआ था कि किताबो को भी साथ लाना भूल गया । भगतो ने भी उसे नहीं टोका । थोड़ी दूर चलकर उसने कहा- 'तो मैं रात-ही-रात में सबसे कह दूं कि तुमने उन्हें नये कागजों पर अंगूठा लगाने से मना कर दिया है ?'

'हां ।'

'और यह भी कह दूं कि वे जहां चाहें, चले जायें ?'

'हां ।'

'मैं भी चला जाऊं ?'

'हां ।'

'कहां जाऊं ?'

'जहन्नुम में !' कलीराम ने कड़वाहट से कहा ।

'तुम जहन्नुम में मुझे अकेले ही भेज दोगे ?'

'यह तुम्हारी मर्जी की बात है ।'

'मैं अकेला नहीं जाऊंगा ।'

'मत जाओ ।'

'तो मैं करूं क्या, कलीराम ?'

'जाकर थोड़ा-सा नशा करो और सो जाओ ।'

'और तुम ?'

'मैं तमाम रात जागूंगा और अपनी झोपड़ी के बाहर रहूंगा और देखता रहूंगा कि इस कैदखाने से कौन-कौन कैदी भागता है ।' पलभर रुककर कलीराम फिर बोला–'तुम अब जाओ, चाचा । किताबो को भेज देना । मैं उसे अपने साथ लाना भूल ही गया ।'

भगतो वापस चला गया और कलीराम अपनी झोपड़ी की तरफ हो लिया । उसने वापस आकर उन तमाम कागजों को अपने सामने जमीन पर फैला दिया, जिन पर उसके साथियों के अंगूठे काले धब्बों की तरह फैले हुए थे और उसका मुंह चिढ़ा रहे थे ।

इतने में किताबो अन्दर आयी ।

'यह क्या कर रहे हो ?'

'मज़दूरों के लिए चितायें बना रहा हूं ।'

'क्या हो गया है कुछ दिनों से तुम्हें ? जैसे तुम होश में नहीं हो ।'

'मैं सचमुच होश में नहीं हूं । क्या करूं, कुछ समझ में नहीं आता ।'

'यहां से भाग चलो ।'

'यही कहा है मैंने भगतो चाचा से थोड़ी देर पहले ।'

'क्या कहा है ?' किताबो ने कलीराम के पास जमीन पर बैठते हुए पूछा । उसकी निगाहें भी सामने फैले अंगूठों के निशानों पर जम गयीं ।

'यही कि वह भी भाग जाये और सब मजूरों को भी भागने के लिए कह दे ।'

'और तुम ?'

'मैं और तुम सबसे आखिर में इन खेतों को छोड़ेंगे । इनकी मिट्टी में मेरे बाप और मेरी मां की और तुम्हारी और मेरी और हम सबकी मेहनत का लहू मिला हुआ है । इन खेतों की मुट्ठी-भर मिट्टी अपनी ओढ़नी के छोर में बांध लेना । फिर मैं इस झोपड़ी की चौखट पर सिर झुकाऊंगा और तुम्हारा हाथ पकड़कर यहां से भाग निकलूंगा ।'

'कब ?'

'जब सब खेत-मजूर भाग चुके होंगे और उनकी झोपड़ियां खाली

कब्र की तरह मुंह फाड़े खड़ी होंगी ।'

उस रात कलीराम बेहद भावुक हो गया था। उसने कुछ खाया-पिया भी नहीं था। वह कच्ची झोपड़ी के कच्चे फर्श पर खामोश पड़ा था। उसके फैले हुए बायें बाजू पर सिर टिकाये किताबो उसकी बगल में लेटी थी। दोनों खामोश थे। बाहर आसमान के कच्चे फर्श पर चांद में बैठी बुढ़िया चुपचाप सूत काते जा रही थी। पलों का यह सूत जिसकी कच्ची डोरें इंसान की तकदीरों को जकड़कर रखने में व्यस्त थीं। किताबो ने कुछ देर के पश्चात् करवट ली और सो गयी। कलीराम बहुत देर तक जागता रहा। उसके कान कदमों की आहट पर थमे थे। इंतिजार था कि अभी कोई कदम उठेगा, कोई आहट होगी और कोई साया कुछ देर उभरकर अंधकार में डूब जायेगा। कोई खेत मज़दूर कैदखाने की इन हदों से बाहर निकलकर आजाद हो जायेगा। वह बहुत देर तक जागता रहा। उसके कान बहुत देर तक बाहर की आहट पर थमे रहे। लेकिन कोई कदम न उठा, कोई आहट न हुई। कैदखाने की कोई जंजीर न हिली। कोई कैदी फरार न हुआ और कलीराम की खुली आंखें और खुले कान रात के पिछले पहर तक बंद हो गये। जब वह जागा तो धूप निकल आयी थी और किताबो कुएं पर जाकर नहा भी आयी थी और पीने के लिए पानी का घड़ा भी ले आयी थी।

कैदखाना उसी तरह आबाद था। एक भी कैदी न भागा था।

भगतो पिछली रात कलीराम से बात करने के बाद सीधा अपनी झोपड़ी पहुंचा और किताबो को जाने के लिए कहकर फिर बाहर निकल गया। उसके मन में अब बड़ी उथल-पुथल थी। कलीराम ने एक तरह से अपनी तमाम जिम्मेदारी उस पर डाल दी थी। यह अब उसका काम था कि वह खेत-मज़दूरों को नये कागजों पर अंगूठे लगाने से मना करे और उन्हें यहां से भाग जाने को कहे। कलीराम से बहस करने की बात अलग थी। सारी जिम्मेदारी को खुद संभालने की बात दूसरी थी। वह उस जिम्मेदारी के परिणाम का सामना करने का साहस न रखता था। अब जब वह खेत-मज़दूरों को नये कागजों पर अंगूठे लगाने से रोकेगा तो वे

उससे बीसियों सवाल पूछेंगे और वह इतने ढेर सारे सवालों के जवाब कैसे देगा ? मान लिया, वे उसके कहने से अंगूठे नहीं भी लगाते, इन खेतों को छोड़ देने पर भी तैयार हो जाते हैं, लेकिन वह उन्हें कहां जाने को कहेगा ? वह उन्हें किस जगह भेज सकता था और उनकी रोजी-रोटी का क्या प्रबंध कर सकता था ? ये सब उसकी समझ से बाहर की बातें थीं । जब उसे ही सबसे पहले यह खेत छोड़ना होगा तो वह कहां जायेगा ? उसकी अपनी दुनिया भी तो इन्हीं खेतों की सीमाओं में ही सिमटी पड़ी थी । इन सीमाओं से बाहर की दुनिया से तो उसका एक भी व्यक्ति परिचित न था । वह अगर खुद भी यहां से चले जाने का फैसला करे तो किताबो की मां को साथ लेकर कहां जायेगा ? मान लो, वह चला भी जाता है तो उसके चले जाने के बाद कलीराम का क्या होगा और उसकी बेटी किताबो का क्या बनेगा ? इन्हीं ख्यालों में उलझा भगतो अकेला ही खेतों की मुंडेरों पर घूमता रहा और फिर परेशानी की अवस्था में ही अपनी झोपड़ी में वापस आ गया । न वह किसी खेत-मज़दूर से मिला, न उसने किसी से बात की । उसके जी में आया कि वह कलीराम के पास जाये और कहे कि जो काम उसने अपने जिम्मे लिया था, वह उसे पूरा नहीं कर सकता और कलीराम उस पर जोर से हंसे । उसकी खिल्ली उड़ाये और वह उसके कहकहों पर ताव न लाकर अपनी झोपड़ी में लौट आये । और अंदर से किवाड़ बंद कर ले और उस वक्त तक न खोले, जब तक ठाकुर के कारिंदे सभी खेत-मज़दूरों से नये कागजों पर अंगूठों के निशान लगवाकर वापस न चले जायें । केवल एक वह रह जाये, नये कागजों पर अंगूठा लगाये बगैर ! और जब वह अपनी झोपड़ी का किवाड़ खोले तो एक युग बीत चुका हो । एक दौर गुजर चुका हो। एक सदी निकल चुकी हो । लेकिन भगतो कुछ भी तो न कर सका । वह तो साफ बात सोच भी न सका । न तो वह कलीराम के पास जा सका और न ही अपनी झोपड़ी का किवाड़ अंदर से बंद कर सका । बस, खेतों में बेकार घूमकर अपनी झोपड़ी में लौट गया और चुपचाप खाट पर पड़ गया । रात-भर उसे नींद न आयी । तमाम रात उसे लगता रहा, जैसे कागजों पर लगे सैकड़ों

अंगूठों के निशान कागजों को छोड़कर सामने खड़े थे और उसकी बेबसी और मजबूरी पर हंस रहे थे ।

सुबह जब उसकी नींद खुली तो सूरज की रोशनी झोपड़ी के अन्दर फैल रही थी और किताबो की मां कुछ ही देर पहले कुएं से वापस आयी थी ।

कैदखाने से न तो पहला कैदी भाग सकता था, न आखिरी । पहले और आखिरी कैदी के सिवा किसी और ने भागने का विचार भी तो नहीं किया था ।

वे तो सब जिंदगी को जिसे वे भोग रहे थे, अपनी तकदीर समझते थे ।

उस रोज भगतो की कलीराम से जब मुलाकात हुई तो वह उससे नजरें न मिला सका । एक अजीब तरह की अपराध-भावना उसके मन में थी ।

'चाचा ! मैं तो सारी रात तुम्हारे पैरों की आहट सुनने का इंतिजार करता रहा ।'

'पैर तो उठे ही नहीं थे, तुम आहट कहां से सुनते ? पैरों में बेड़ियां पड़ी हुई थीं, कलीराम !'

'वह तो मेरे पैरों में भी थीं । लेकिन मैं सारी रात उन बेड़ियों को तोड़ता रहा । सुबह होने से पहले सब टूट चुकी थीं ।

'फिर तुम भागे क्यों नहीं, कलीराम ?'

'इसलिए कि मुझे सबसे आखिर में भागना था, चाचा ! सवेरे जब मुझे पता चला कि पहला ही कैदी नहीं भागा, तो मैंने अपनी टूटी हुई बेड़ियां सिरहाने रख लीं और चादर तानकर सो गया । दोपहर तक सोता रहा हूं, चाचा !' यह कहकर कलीराम बहुत जोर से हंसा ।

'पर तुम यह तो पूछते कि मैं क्यों नहीं भागा ? दूसरे कैदी क्यों नहीं भागे ?'

'इसकी जरूरत नहीं थी, चाचा ! तुम नहीं भागे क्योंकि तुम अन्दर से कमजोर थे । दूसरे इसलिए नहीं भागे क्योंकि उन्हें किसी ने भागने के लिए उकसाया नहीं । चलो, छोड़ो इस झगड़े को ।' कलीराम और जोर

से हंसा ।

उसी क्षण कलीराम ने देखा कि मुंशी रामसुखदास और भलेराम उसकी ओर आ रहे हैं । भगतो ने भी उन्हें देख लिया था ।

'दोनों मुंशी आ गये हैं कागज लेने ।'

'इन्हें यहां से दफा कर दो, नहीं तो मैं इन्हें मार डालूंगा ।'

कलीराम ने गुस्से से कहा और भगतो को वहीं छोड़कर आगे निकल गया ।

थोड़ी देर में दोनों मुंशी भगतो के पास पहुंच गये ।

'राम-राम, भगतो चौधरी !'

'राम-राम, मुंशीजी ! कैसे आये हो ?'

'यों ही निकल आये इधर । सोचा, नये कागजों के बारे में तुम से पूछ आयें ।' रामसुखदास ने जवाब दिया ।

'बात बिगड़ गयी है । तुम दोनों वापस चले जाओ, नहीं तो दंगा हो जायेगा ।'

भलेराम, भगतो की यह बात सुनकर घबरा गया ।

'हमारे लिए तो तुम और कलीराम ही सब कुछ हो ।' रामसुखदास बोला ।

'इस समय चले जाओ ।'

'तो अब आयें दुबारा ?'

'दो-तीन दिन के बाद ।'

'अगर तीन दिन के अंदर हमें कागज वापस न मिले तो ठाकुर हमें जान से मार देगा ।'

'तुम तीन दिन से पहले इधर आये तो खेत-मजूर तुम्हें मार डालेंगे । अपनी मौत का समय खुद ही तय कर लो ।' यह कहकर भगतो भी दोनों मुंशियों से अलग हो गया ।

मुंशी रामसुखदास और भलेराम फटी-फटी नजरों से एक-दूसरे को देखते रहे और फिर शहर की तरफ लौट गये ।

तीन रोज तक वातावरण में ऐसा सन्नाटा रहा, जैसा युद्ध आरंभ होने से पहले या समाप्त होने के पश्चात् होता है । मगर यहां न तो कोई जंग

शुरू ही हुई थी और न खत्म ही हुई थी । कुछ भी तो नहीं हुआ था । एक तरफ तो हारे हुए बेबस और निहत्थे इंसानों का एक हुजूम था जिनका नेता साहसी और दृढ़ निश्चयी था लेकिन अनुभवहीन और भावुक था और दूसरी तरफ एक सुसंगठित और सशस्त्र सेना थी जिसकी कमान एक अनुभवी और पाषाण मनोवृत्ति के मनुष्य के हाथ में थी । ऐसे लोग अपने शत्रुओं को कभी निर्बल नहीं समझते और अवसर के अनुसार अपनी योजनायें परिवर्तित करते रहते हैं । ठाकुर निहालसिंह ने तीन दिन तक दोनों मुंशियों की प्रतीक्षा की । वे नये कागजों पर खेत-मज़दूरों के अंगूठे लगवाकर कागज पेश न कर सके । चौथे दिन सुबह ही उसने दोनों को बुलवाया ।

'बोलो, रामसुखदास ! क्या रिपोर्ट है तुम्हारी ?'

'हुजूर ! एक दिन की मोहलत और दें ।' रामसुखदास ने हाथ जोड़ते हुए कहा ।

'और तुमने क्या कुछ किया, भलेराम ?'

'सरकार ! अभी तो कागज नहीं मिले ।'

'और मिलेंगे भी नहीं । तुम दोनों गद्दार हो । जिस हरामजादे को तुमने सब मज़दूरों के पुराने कागज सौंप दिये हैं, वह उन्हें जला डालेगा और सब मज़दूर खेत छोड़कर भाग जायेंगे । इन दोनों को मशकों में कसकर अन्धे कुएं में डाल दो ।' ठाकुर ने अपने सामने खड़े काले मुसटंडे से कहा । यह ठाकुर के नये कारिंदों में से एक था । उसने हुक्म सुनकर गर्दन झुका दी ।

'सरकार ! कल तक की मोहलत दें ।' रामसुखदास ने बड़ी आजिजी से कहा ।

'ताकि तुम दोनों वहां से भाग सको और मैं लकीर पीटता रह जाऊं, हरामखोर', ठाकुर ने गरजते हुए कहा–'तुम आज से इनके साथ रहो । अगर ये भागने की कोशिश करें, तो दोनों को भून डालना ।' यह आदेश ठाकुर ने उसी मुसटंडे को दिया जिसे देखकर दोनों मुंशियों पर आतंक छा गया था । कुछ देर के पश्चात् उसी मुसटंडे ने दोनों मुंशियों को कंधे से पकड़कर ठाकुर की ड्योढ़ी से बाहर कर दिया ।

‘मेरा नाम जानते हो ?’ उसने उनसे पूछा ।

‘नहीं, मालिक !’ दोनों ने हाथ जोड़ दिये ।

‘मेरा नाम कहरसिंह है ।’ उसने हंसते हुए कहा, ‘मेरे कहर का सामना आज तक कोई नहीं कर सका ।’

‘अन्नदाता !’ रामसुखदास ने उत्तर दिया ।

‘अन्नदाता का साला !’

‘हम पर दया करना, महाराज !’ भलेराम ने हाथ जोड़ते हुए कहा ।

‘तू तो साला बनने के भी लायक नहीं, भैंगे मुंशी !’ कहरसिंह ने भलेराम के कंधे को बुरी तरह झिंझोड़ दिया ।

दोनों मुंशी दोषियों की तरह उस बदमाश के सामने ठाकुर की ड्योढ़ी के बाहर खड़े थे और वह उन्हें कहर बरसाती नजरों से घूर रहा था ।

दोपहर के बाद जब रामसुखदास और भलेराम खेत-मज़दूरों की बस्ती में गये, तो कहरसिंह भी उनके साथ था । उसने अपने कंधे से बंदूक लटका रखी थी । बस्ती के निकट पहुंचकर रामसुखदास ने बड़ी नम्रता से कहा–‘अगर तुम यहीं रुक जाओ, तो अच्छा रहेगा ।’

‘क्यों ?’

‘तुम्हारे साथ जाने से मज़दूर भड़क उठेंगे । हो सकता है, झगड़ा हो जाये ।’

‘मैं तो चाहता हूं, झगड़ा हो । यह बंदूक कई दिनों से बेकार कंधे से लटक रही है । झगड़ा होगा तो जहां दो-चार मज़दूर मरेंगे, वहां तुम दोनों को भी खत्म कर दूंगा ।’

कहरसिंह के इस उत्तर से भलेराम कांप उठा ।

‘हमें तो नये कागज लेने हैं मज़दूरों से, यही ठाकुर का हुक्म है । झगड़ा हो गया तो हमारी नौकरी तो जायेगी ही, साथ में ठाकुर की जागीरदारी भी खत्म हो जायेगी ।’ रामसुखदास ने जवाब दिया ।

‘पक्के हरामी हो मुंशी तुम ! जाओ, मैं यही इंतिजार करूंगा ।’ कहरसिंह ने हंसते हुए कहा । दोनों मुंशियों ने सम्मानपूर्वक हाथ जोड़ दिये और फिर मज़दूरों की बस्ती की ओर बढ़ गये ।

'तुमने अच्छा किया उसे साथ नहीं आने दिया, वर्ना जरूर झगड़ा हो जाता ।' रास्ते में भलेराम ने रामसुखदास से कहा ।

'झगड़ा होता या न होता, लेकिन हम जरूर मारे जाते ।'

आपस में बातें करते हुए दोनों मुंशी मज़दूरों की झोपड़ियों के निकट पहुंच गये । भगतो पिछले तीन दिन के मानसिक द्वन्द्व के कारण एकदम बेजान हो गया था । खेतों में भी नहीं गया था । उसकी घरवाली ही काम पर जाती रही थी । वह तो बस झोपड़ी के बाहर खाट पर पड़ा रहता था । दोनों मुंशी सबसे पहले भगतो की झोपड़ी में ही गये । वह उन्हें देखकर उठ बैठा ।

'तुम लोग फिर आ गये ?'

'हमारी जिंदगी का सवाल है, चौधरी भगतो ।'

'यही सवाल हम सब का भी है–मरें या जियें ।'

'तुम और कलीराम जुग-जुग जिओ । तुम्हारे जैसे लोग कहां हैं अब ?'

रामसुखदास की बात सुनकर भगतो बोला, 'तुम मस्का मत लगाओ, मुंशी । समय बहुत बदल गया है ।'

'हमारे लिए क्या हुक्म है ? ठाकुर ने आज की मोहलत दी है । कल वह हमें गोली से मरवा डालेगा ।' भलेराम ने विनयपूर्वक कहा ।

भगतो ने कोई जवाब न दिया । थोड़ी देर खामोश रहने के बाद वह बोला–'इस समय कलीराम खेतों में है । हम रात सलाह करेंगे । तुम लोग कल आ जाना ।'

'जो तुम्हारा हुक्म है । लेकिन ठाकुर ने हमारी निगरानी के लिए एक बदमाश भी भेज रखा है हमारे साथ । हम कागज न ले गये तो हमें रास्ते में ही मार डालेगा ।'

'कहां है वह बदमाश ? पहले उसी से निपट लें ।' भगतो ने तंग आकर कहा ।

'गजब हो जायेगा, चौधरी । इस झगड़े में मत पड़ो । हम सुबह आ जायेंगे ।'

दोनों मुंशी उठ खड़े हुए और थोड़ी देर के बाद उस जगह पहुंच

गये, जहां कहरसिंह बंदूक का सहारा लिये खड़ा था ।

'बड़ी जल्दी आ गये ? मैं तो समझा था–अब नहीं लौटोगे । कागज ले आये हो ?' कहरसिंह ने एक साथ कई प्रश्न किये ।

'कल सुबह मिलेंगे ।'

'चलो, तुम दोनों की जिंदगी का एक दिन और बढ़ गया ।' कहरसिंह ने खंखारते हुए कहा ।

'तुम्हारी दया है, मालिक ।' भलेराम बोला ।

'तुम जन्म से ही काने हो या किसी ने थप्पड़ मारकर आंख बिगाड़ डाली है ?'

'जन्म से ही ऐसा हूं ।'

'सुना है, तुम्हारी घरवाली बड़ी जोरदार है ?'

'मेरी घरवाली नहीं है ।'

'भाग गयी किसी के साथ ?'

'नहीं, वह तो रामसुखदास की घरवाली भागी है ।'

'किसके साथ भागी है तुम्हारी घरवाली ?'

'क्या बताऊं, अन्नदाता ! बस, तकदीर खोटी थी ।' रामसुखदास ने जवाब दिया लेकिन उसे भलेराम पर बहुत गुस्सा आ रहा था जिसने अपने घर का भेद उस बदमाश को बताया था ।

'तुम्हारी तकदीर खोटी थी या तुम्हारी घरवाली... ?'

'मेरी तकदीर खोटी थी ।'

'तुम्हारी घरवाली तो बड़े मजे में है ।'

'तुम्हें कैसे मालूम है ?'

'अरे, कहरसिंह को सब–कुछ मालूम होता है । कोई खबर भेजनी है घरवाली को ?' कहरसिंह ने जोरदार कहकहा लगाया और रामसुखदास का कंधा बुरी तरह झिंझोड़ दिया ।

'नहीं, मुझे कोई खबर नहीं भेजनी ।' मुंशी बड़ा दुःखी लग रहा था।

'चलो, मैं अपनी तरफ से दे दूंगा तुम्हारी खबर ।'

कहरसिंह ने इस तरह दोनों मुंशियों की खिल्ली उड़ाते हुए उन्हें

शहर तक पहुंचा दिया ।

'कल सवेरे मेरे डेरे पर आ जाना ।'

'अगर हम अकेले ही खेतों में चले जायें ?' रामसुखदास ने पूछा।

'तो दोनों की बोटी-बोटी काट दूंगा ।'

दोनों मुंशी अपने-अपने रास्ते पर हो लिये ।

रात जब कलीराम खाना खाकर अपनी झोपड़ी से बाहर खाट पर लेटा था, भगतो उसके पास आया ।

'आओ, चाचा ! तबीयत कैसी है ?'

'अच्छा हूं ।' यह कहकर वह खाट पर बैठ गया ।

अपने बाप की आवाज सुनकर किताबो भी बाहर आ गयी ।

'कुछ दिनों से तुम दोनों को क्या हो गया है ?'

'यह पूछो कि क्या नहीं हुआ है !' कलीराम ने जवाब दिया ।

'यह जो दिन-रात झगड़ा करते रहते हो, इससे क्या मिलेगा तुम दोनों को ?'

'झगड़ा तो ठाकुर करता है, हम कहां करते हैं !' भगतो ने कहा ।

'यह नहीं कि बाप आया है तो खातिर करो, उल्टा लड़ने लगी ।' कलीराम ने किताबो को धक्का दिया और वह चुपचाप मुंह लटकाये झोपड़ी के अंदर चली गयी ।

किताबो के जाने के पश्चात् कलीराम और भगतो काफी देर तक आपस में सलाह-मशविरा करते रहे । यही तय हुआ कि नये कागजों पर अंगूठे लगाने के अलावा खेत-मज़दूरों के पास अब कोई चारा नहीं था । ये दो आदमी जिनमें से तीन दिन पहले एक सबसे पहले भागना चाहता था और दूसरा सबसे आखिर में, अब खुद ही अपनी कैद में अनंत काल तक का विस्तार करने को तैयार हो गये थे । वे नये कागजों पर अंगूठा लगा देंगे। इंसान की मजबूरियों की दास्तान कितनी लम्बी और कितनी पुरानी है ? इस निर्णय के पश्चात् अब दोनों के पास सोचने को रह ही क्या गया था ?

दूसरे दिन सभी खेत-मज़दूरों ने नये कागजों पर अपने-अपने अंगूठे लगाकर कलीराम को सौंप दिये ।

दोपहर से पहले रामसुखदास और भलेराम बस्ती में आ गये । कहरसिंह बस्ती के बाहर ही रुक गया । आज उसे ठाकुर का यह आदेश था कि अगर दोनों मुंशी कागज न ला सकें तो उन्हें घर न जाने दिया जाये बल्कि ठाकुर के सामने पेश किया जाये । उसके बाद उन्हें घर भेजने के बजाय परलोक भेज दिया जायेगा । उन्हें बस्ती में आता देखकर बहुत से मज़दूर भी कलीराम की झोपड़ी के सामने वाली खुली जगह में जमा हो गये । उनका उद्देश्य केवल अपने नेता पर विश्वास व्यक्त करना था । धीरे-धीरे सभी खेत-मज़दूर वहीं इकट्ठे हो गये ।

'मुंशी, ले जाओ अपने कागज । हम गरीब हैं लेकिन वायदे के पक्के हैं ।' कलीराम ने सभी कागज, जिन पर अंगूठों के नये निशान थे, रामसुखदास की ओर बढ़ाये । उनमें पुराने कागज भी शामिल थे । तभी मज़दूर दल में से एक आवाज उभरी–'कलीराम ! ये सारे कागज ठाकुर को दे, इन बदमाश मुंशियों को नहीं ।' फिर सबने एक स्वर में कहा–'कलीराम ! इन बदमाशों को कागज नहीं देगा ।'

रामसुखदास डर गया । उसने अपना हाथ पीछे हटा लिया और कागज कलीराम के हाथ में ही रह गये ।

'मैं क्या करूंगा ठाकुर के पास जाकर ?'

'तुम हमारे नेता हो । तुम जरूर जाओगे ।' एक साथ कई आवाजें उभरीं ।

'तो चाचा भगतो भी मेरे साथ जायेगा । मैं अकेला नहीं जाऊंगा ।'

'भगतो चौधरी भी साथ जायेगा ।' कई आवाजों से बनी हुई एक और आवाज उभरी और कुछ ही समय के बाद खेत-मज़दूरों का पूरा हुजूम बस्ती के बाहर कलीराम और भगतो को छोड़ने आया । रामसुखदास और भलेराम भी मरी हुई चाल से पीछे-पीछे आ रहे थे । कहरसिंह बदमाश ने जब यह दृश्य देखा, तो हैरान रह गया ।

'तुम लोग अब खेतों में जाओ ।' कलीराम ने सबको संबोधित किया और सब लोग धीरे-धीरे बस्ती की तरफ चले गये ।

कलीराम, भगतो, रामसुखदास और भलेराम एक ओर खड़े थे । उन्हें देखकर कहरसिंह बदमाश भी उनके पास आ गया ।

'क्यों, मुंशी ले आये हो कागज ?' उसने ऊंची आवाज में पूछा ।

'कागज तो खेत-मज़दूरों का नेता कलीराम लाया है । वही ठाकुर साहिब को सारे कागज पेश करेगा ।' रामसुखदास ने जवाब दिया ।

'नेतागीरी की बीमारी यहां भी आ गई है ?' उसने व्यंग्यात्मक मुस्कान से कलीराम की ओर देखा । कहरसिंह की निगाहों में भी घबराहट थी ।

भगतो डर रहा था कि कलीराम कहीं बीच में न बोल पड़े । वह नहीं बोला । भगतो को इससे बहुत सन्तोष मिला ।

'तो आओ कलीराम, चलें ।'

कलीराम शहर की ओर चल पड़ा । उसने रास्ते में रामसुखदास, भलेराम और कहरसिंह में से किसी से भी बात न की ।

जब ये चारों व्यक्ति ठाकुर के महल में पहुंचे तो वह उस घड़ी कोई अच्छे मूड में नहीं था ।

'ले आये हो कागज, मुंशी ?'

'सरकार ! कलीराम सारे कागज लेकर खुद आया है ।'

'तुम क्यों नहीं लाये ?' मोहलत तो तुम दोनों ने ली थी ।'

'हुजूर ! खेत-मज़दूर यही चाहते थे कि उनका नेता ही सारे कागजात आपकी सेवा में पेश करे ।' भलेराम ने बड़ी नम्रता से जवाब दिया ।

'कहरसिंह ! दोनों मुंशियों को अपने आदमियों के हवाले कर दो । उनसे कह दो कि इन नमकहरामों को मार-मारकर हलकान कर दें ।'

ठाकुर के मुंह से यह आवाज निकलने की देर थी कि डयोढ़ी पर खड़े चार आदमी दोनों मुंशियों को घसीटकर बाहर ले गये ।

'कलीराम कौन है ?' ठाकुर ने बड़े रोब से पूछा ।

'जी, मैं हूं ।' कलीराम ने उत्तर दिया ।

'तुम चार दिन से मेरे मुंशियों की बेइज्जती करते रहे और आज भी तुमने उन्हें ये कागज नहीं दिये ।'

'हुजूर ! इसी ने तो ये सारे कागज बनवाये हैं । यह न होता तो

कागज न बनते ।' भगतो ने जवाब दिया ।

'तुम कौन हो ?'

'मेरा नाम भगतो है, हुजूर ।'

'तुम्हारी लड़की इस कमीने से ब्याही है, जभी इसकी तरफदारी कर रहे हो ।'

'ठाकुर, बड़े आदमियों की तरह बात करो । ये लो अपने कागज । हम जाते हैं ।' यह कहकर कलीराम ने सारे कागज जिन पर अंगूठों के ताजा निशान चमक रहे थे, ठाकुर के सामने फेंक दिये । पुराने कागजों का पुलिन्दा अलग था ।

'हरामखोर ! बदतमीज !' ठाकुर गरजा ।

'ठाकुर ! बात तो अच्छी करो ।'

कलीराम का यह जवाब सुनकर ठाकुर आपे से बाहर हो गया ।

'कहरसिंह, इन दोनों को ले जाओ और इन्हें खेतों में पहुंचा दो ।'

इसके साथ ही कहरसिंह बदमाश और उसके साथी कलीराम और भगतो पर टूट पड़े और उन्हें बुरी तरह से मारते हुए ड्योढ़ी से बाहर ले गये ।

शाम को जब कलीराम और भगतो अपनी झोपड़ी में पहुंचे तो दोनों के हाथ-पांव और मुंह-सिर सब सूज रहे थे । ठाकुर की बग्घी उन्हें इस हालत में खेतों से बाहर फेंक गई थी । किताबो और उसकी मां रात-भर दोनों की चोटों को गर्म राख से सेंकती रहीं ।

अगली सुबह यह खबर सारी मज़दूर बस्ती में फैल गई कि ठाकुर ने कलीराम और भगतो के साथ बेहद जालिमाना बर्ताव किया है । एक आग-सी फैल गई सबके दिलों में । अब उन्हें अपनी गलती का एहसास हुआ । उन्हें कागज पर अंगूठे नहीं लगाने चाहिए थे । वे सब एक जुलूस की शक्ल में ठाकुर की ड्योढ़ी पर हल्ला बोलेंगे कलीराम और भगतो की खातिर अपनी जान दे देंगे ।

'तुम ऐसा नहीं करोगे ।' कलीराम ने डांट के लहजे में कहा हालांकि शब्द उसके सूजे हुए होंठों से साफ तौर पर निकल भी न रहे थे ।

'कलीराम ठीक कहता है ।' भगतो ने दर्द से कराहते हुए कहा ।

'हम ठाकुर से जरूर बदला लेंगे ।' सभी मज़दूर एकदम बोल उठे ।

'नहीं, यह बात ठीक नहीं । अब हम दुबारा गुलाम हो गये हैं ।' भगतो ने कहा ।

'हम गुलाम नहीं हैं ।' सभी खेत-मज़दूर गरजकर बोले ।

'इसका जिम्मेदार मैं हूं । मुझे दंड मिलना चाहिए ।' कलीराम बोला ।

किताबो और उसकी मां ने सब खेत-मज़दूरों को यह कहकर अपनी-अपनी झोपड़ियों में वापस भेज दिया कि कलीराम और भगतो को आराम की जरूरत है और वे इस समय बड़ी तक़लीफ में हैं ।

कुछ दिनों के पश्चात् कलीराम के जिस्म पर लगी चोटें तो ठीक हो गयीं लेकिन उसकी आत्मा में जो जख्म हुआ था, वह सुलगता ही रहा । प्रायश्चित की आग उसके दिल और दिमाग को तपा रही थी । उसने क्यों अपने साथियों के अटूट विश्वास का गलत फायदा उठाया था ? उस घड़ी का, जब वे ठाकुर के चंगुल से सदा के लिए स्वतंत्र हो सकते थे, उसने ठीक उपयोग नहीं किया था । उसने अपने साथियों को आजाद करवाने की जगह उन्हें दुबारा अनंतकाल के लिए ठाकुर का दास बना डाला था । उसने उनके प्रकाशमय भविष्य की आशा पर अपनी अनुभवहीनता से एक घना सियाह बादल फैला दिया था । अब वे जाने कब तक सूरज की जीवनदायक किरणों को तरसते रहेंगे । प्रायश्चित के इस भाव ने कलीराम को खुद अपनी नजरों में एक अक्षम्य दोषी बना दिया था । भगतो उसे लाख समझाता, लेकिन उसके दिमाग से यह बात निकलती ही न थी कि वह एक गद्दार था जिसने अपने मासूम और भोले-भाले साथियों से गद्दारी की थी । पाप और अपराध की इस अनुभूति ने कलीराम की कायाकल्प कर दी । जब कभी किताबो उससे बात करती और उससे अपने होने वाले बच्चे के बारे में बातचीत करती तो वह झल्ला उठता ।

'मैं पैदा होते ही उसका गला घोंट दूंगा ।'

'शर्म करो । क्या बकते रहते हो ?' किताबो झुंझलाकर कहती ।

'सच ही तो कहता हूं । बजाय इसके कि ठाकुर के गुलामों में एक आदमी और बढ़े, वह पैदा होने से पहले ही मर जाये तो ठीक है ।'

'मैं चाचा से कहूंगी यह बात !'

'मैं उसका भी गला घोंट दूंगा ।'

'तुम्हारा तो दिमाग खराब है ।'

'हां, है । तुम भी चली जाओ, जहां जाना है ।'

किताबो का कलीराम से प्रतिदिन झगड़ा होता था । किताबो आखिर रोते-रोते सो जाती थी । उसने भगतो से कभी कोई बात न की थी, इसलिए कि वह कलीराम के खिलाफ कुछ भी सुनना सहन नहीं कर सकता था। किताबो अंदर-ही-अंदर जलती रही । कलीराम अलग सुलगता रहा और भगतो अलग । सभी अपनी-अपनी जगह दुःखी थे ।

ठाकुर निहालसिंह अब अपने स्वर्गवासी भाई रिछपालसिंह की तमाम जायदाद का मालिक बन गया था। उसने अब खेत-मज़दूरों को भी बेहद परेशान करना शुरू कर दिया था । रिछपालसिंह की विधवा ठकुराईन भी तंग थी और कारिंदे अपनी जगह अलग अप्रसन्न थे । अब बदमाशों और घटिया किस्म के लोगों का राज था। वे जब चाहें किसी की बेइज्जती कर दें, लड़ाई-झगड़ा मोल ले लें, मार-पिटाई कर दें । खेत-मज़दूरों की औरतें भी अब अपने-आपको असुरक्षित समझने लगी थीं। सारे का सारा वातावरण कुछ दिनों में ही बदल गया था ।

बहुत ही कड़ा वक्त आ गया था ।

कलीराम के दिमाग में इतनी जलन थी कि वह पागल हो रहा था। ले-देकर एक भगतो था जिससे वह अपना दुःख-दर्द बांटता था। किताबो इस लायक थी ही नहीं कि उससे कोई उलझी हुई और गहरी बात कर सकता। वह यों भी उसे इस मामले में उलझाना नहीं चाहता था।

ठाकुर निहालसिंह अब यह समझने लगा था कि जिस सदी में वह जी रहा है, वह उसकी निजी सम्पत्ति है और उसका कोई पल उसकी आज्ञा के बिना व्यतीत नहीं हो सकता है । उसे इस यथार्थ का

ज्ञान न था कि समय किसी का दास नहीं और पल पर कोई रोक नहीं लगा सकता। लम्हें तूफान की तरफ बढ़ते हैं और तेज रेलों की तरह गुजर जाते हैं। मनुष्य की बनाई हुई रेत की दीवारें समय के बहाव को कभी नहीं रोक सकीं। समस्त मानव-इतिहास इस बात का साक्षी है।

मेरे व्यक्तित्व पर कलीराम के नाम का जो गिलाफ पड़ा था, वक्त की तेज रफ्तार ने उसे तार-तार कर डाला था। अब कलीराम मुझसे एकदम अलग हो गया था। मेरा अस्तित्व फिर से जीवित हो गया था। मेरे व्यक्तित्व को पुनः जीवन मिल गया था।

अब मैं कलीराम नहीं रहा था।

मेरा अपना स्वतंत्र अस्तित्व एक बार फिर लौट आया था।

मेरा जेहन अब अपने आपको खेत-मज़दूर समझने से इन्कार करने लगा था। दिमाग में यही ख्याल मजबूत होता जा रहा था कि मैं खुद भी स्वतंत्र हो सकता हूं और अपने साथ एक सौ के करीब दूसरे खेत-मज़दूरों को भी आजाद करा सकता हूं। मुझे इस गलती की बड़ी तीव्रता से अनुभूति होने लगी थी कि मैंने अपनी अनुभवहीनता के कारण अपनी और अपने साथियों की दासता की आयु को अनंत काल तक बढ़ा दिया है। एक बेनाम-सी आग थी जो मुझे अन्दर-ही-अन्दर जलाये जा रही थी। रात को मैं अपनी झोपड़ी के बाहर चक्कर काटता रहता। हवा चलती तो लगता, जैसे आग और भी भड़क उठी है। हवा बंद हो जाती तो लगता, मेरा दिमाग कड़वे धुएं से भर गया है जिससे मेरा दम घुटने लगा है। खेतों में जाना अब मैंने छोड़ दिया था। यही जी चाहता था कि इस वातावरण से भाग जाऊं और किसी ऐसी जगह चला जाऊं, जहां मुझे कोई भी तलाश न कर सके। इसमें कोई अड़चन भी तो नहीं थी। केवल एक किताबो का ख्याल आता था जो मुझे अत्यन्त प्यार करती थी और मेरे लिए जान तक देने को तैयार थी। मैं उसे छोड़कर चला गया तो उसका क्या होगा ? उसके बच्चा भी तो होने वाला था। उसका क्या होगा ? पांव में पड़ी बेड़ियों में एक और बेड़ी की वृद्धि हो गई थी। कैद ज्यादा संगीन हो गयी थी लेकिन कैद के संगीन होने के साथ-साथ

कैदखाने से निकल भागने की इच्छा और भी मजबूत होती जा रही थी। बस्ती की इस घुटन से बचने के लिए मैं सुबह ही शहर की ओर निकल जाता और इधर-उधर बेकार, निरुद्देश्य घूमता रहता। भूख लगती तो किसी सस्ती-सी जगह पर दो चपातियां खा लेता और वहीं बैठकर दुकान पर लगा रेडियो सुनता रहता। एक दिन मैंने टिकट ली और सिनेमा देखने भी चला गया। उस रात जब मैं अपनी झोपड़ी में लौटा तो मेरे मन की स्थिति कुछ अजीब-सी थी। मुझे कुछ आनंद, कुछ बेचैनी, कुछ खुशी और कुछ उदासी का अनुभव हो रहा था। उस रात बहुत दिनों के पश्चात् मैंने किताबो को भी प्यार किया और तमाम रात उसे अपने पहलू में लिटाये पड़ा रहा।

उससे अगले दिन मैं शहर जाने के बजाय खेतों में निकल गया। कई दिनों से काम नहीं किया था। उस दिन खेतों में भी काम किया। कई दिनों से अपने साथी खेत-मज़दूरों से भी बात नहीं की थी। उस दिन सबसे मिला। उनसे बहुत देर तक बातें कीं। भगतो चाचा कुछ नाराज लगता था क्योंकि पिछले कई दिनों से मैं उसे भी नहीं मिला था। लेकिन वह मेरा दर्द पहचानता था। इसलिए जब मैंने बात की तो वह पिघल गया, कहने लगा, 'तुम इन सबको छोड़ देना चाहते हो, कलीराम ? इन सबने तो तुम पर भरोसा करके अपनी जिंदगी ठाकुर के हवाले कर दी है।'

'नहीं, चाचा, मैं इन सबको कैसे छोड़ सकता हूं ? इन सबसे तो मेरा खून का रिश्ता है।'

'फिर इनसे दूर क्यों रहने लगे हो ?'

भगतो चाचा मेरी बात सुनकर खुश हो गया। उसकी कमजोर आंखों में आंसू आ गये।

'ये सब लोग तुमसे कुछ कहना चाहते हैं।'

'क्या कहना चाहते हैं ?'

'एक ऐसी बात, जो इन्होंने इससे पहले न कभी सोची है, न कही है।'

'इन सबसे कह दो, शाम को तुम्हारी झोपड़ी में आ जायें।'

उस शाम पहली बार मैंने महसूस किया कि कई पुश्तों से गुलामी और बेगार के मारे हुए इन जाहिल, गरीब और बेबस लोगों के दिलों में भी अब सम्मानित, गौरवमय और स्वतंत्र जीवन व्यतीत करने की अनुभूति जाग उठी है । अब वे अपने कंधों को कुचलते हुए इस जुए को उतार फेंकना चाहते थे जिसने मुद्दतों से उनसे मनुष्य होने का भाव भी छीन लिया था । रात बहुत देर तक जब हुक्के के कश लेते हुए और अपनी मजबूरियों पर कुढ़ते हुए ये खेत-मज़दूर अपनी-अपनी कच्ची झोपड़ियों की ओर चले गये तो मुझे एक ऐसा दर्द दे गये, जो मुझे तमाम रात डसता रहा । क्या हो सकता था इन सबके लिए ? मैंने क्यों इन सब भोले-भाले लोगों से विश्वासघात किया ? अब मैं इनके लिए क्या कर सकता हूं ? ठाकुर के जबर के खिलाफ टक्कर किस तरह ली जा सकती है ? रात गुजर गई और मेरी सोच को रोशनी की कोई किरन न मिली । बस, एक जहर था जो मेरे जिस्म में घुलता जा रहा था । भोर के समय जब मैं अकेला ही खेतों की ओर निकल गया तो मेरे मन में यह आया कि क्यों न हम सब रात के अंधेरे में इस बस्ती को छोड़ दें और झोपड़ियों और उनमें पड़ी नाम-मात्र की चीजों को गुलामी की देन समझकर वहीं पड़ा रहने दें । जब अगली सुबह सूरज निकले तो हमारी झोपड़ियां खुली कब्रों की तरह मुंह फाड़े ठाकुर के जुल्म और अन्याय का मजाक उड़ाती रहें । यह बात मेरे दिमाग में आयी तो मैंने सोचा कि भगतो चाचा से सलाह करूंगा ।

खेतों में काम करने के बजाय मैं उस दिन भी शहर चला गया । शहर हमारी बस्ती से खासा दूर था लेकिन वहां पहुंचकर मुझे लगता था कि जो जिंदगी हम गुजार रहे हैं, उससे अच्छी और खूबसूरत जिंदगी भी मौजूद है । लेकिन हमने उसके बारे में कभी सोचा भी नहीं था ।

जब मैं अपनी बस्ती में लौटा तो मन बड़ा बेचैन था । किताबो की तबीयत कुछ ठीक नहीं थी, इसलिए उसकी मां और भगतो चाचा भी वहीं थे और मेरा इंतिजार कर रहे थे । मैं पहुंचा तो उनकी जान में जान आयी ।

'तुम बिना बताये चले जाते हो, तो किताबो का बुरा हाल हो जाता है । वह तो जैसे मर जाती है ।'

'नहीं चाचा, किताबो नहीं मर सकती । उसे तो अभी बहुत वर्ष जीना है ।' मैंने कहा ।

'वह तो ठीक है, लेकिन उसे कुछ बताकर तो जाया करो ।'

'किताबो ! आज से मैं तुम्हें बिना बताये कभी झोपड़ी से बाहर पांव नहीं रखूंगा ।'

'तुम सदा झूठ बोलते हो !' किताबो ने उलाहने के लहजे में कहा।

'बोलता तो मैं सच ही हूं, लेकिन दूसरे उसे झूठ समझते हैं ।' मैंने कहा ।

'तो ऐसी बात क्यों नहीं कहते जो दूसरों को भी सच्ची लगे ।' किताबो बोली ।

'दूसरों को अच्छी लगने वाली बात कह सकता तो ठाकुर क्यों खफा होता मुझसे ?'

'बदल लो अपने आपको, सुखी रहोगे ।' किताबो ने मुझे समझाते हुए कहा ।

'अब क्या बदलूंगा, भागवान !'

'भागवान' शब्द पर किताबो हंस पड़ी और उसकी मां भी और भगतो चाचा भी ।

इसके बाद कुछ दिन मैं शहर नहीं गया क्योंकि किताबो की तबीयत अच्छी नहीं थी । यों ही थोड़ी देर खेतों में जाकर लौट आता था । मुंशी रामसुखदास और भलेराम ने फिर हमारी बस्ती में आना शुरू कर दिया था। लेकिन अब उनकी तरफ कोई ध्यान नहीं देता था ।

मुझे लगता था कि अब वह समय आ गया है, जब जो कुछ मैंने और मेरे साथ कच्ची झोपड़ियों में रहने वाले खेत-मज़दूरों ने सोचा था, उस विचार को केवल विचार ही न रहने दिया जाये बल्कि उसे एक आग बनाकर सब जगह फैला दिया जाये। सब जगह शोले लहराएं और उनकी रोशनी में हमारी कच्ची झोपड़ियां चमक उठें । लेकिन क्या किया जाये ? कौन-सा रास्ता अपनाया जाये ? मैं और भगतो चाचा बहुत देर तक इस पर सोचते रहे । हमें किसके पास जाना चाहिए और किसे बताना चाहिए कि अब खेत-मज़दूर ठाकुर की गुलामी में नहीं रहेंगे, वे अपनी जिंदगी

के कोरे कागज पर लगे अंगूठों के निशानों को सदा के लिए मिटा देंगे और कलंक की इस कालिख को धो डालेंगे जो हमारे माथे पर बरसों से चिपटी हुई है, चाहे इसके लिए हमें अपनी खाल को भी क्यों न छीलना पड़े ।

दूसरे दिन मैं फिर शहर गया लेकिन अब मेरे साथ भगतो चाचा भी था और खेत-मज़दूर भी थे । उस दिन मैं शहर में बेकार नहीं घूमता रहा बल्कि सबको साथ लेकर सबसे बड़े अफसर से मिला और उसे ठाकुर के जुल्म की कहानी सुनाई और बताया कि उसने और उसके कारिंदों ने हमें किस तरह कैद कर रखा है ? उसके खेतों को छोड़कर भागना हमारे लिए किसी तरह भी संभव न था । बड़े अफसर ने हमारी बात बड़े ध्यान से सुनी । उसे हैरानी हुई कि कुछ लोग अब भी कितनी मजबूरी और लाचारी का जीवन गुजार रहे हैं ?

'तुम लोग जाओ । मैं कुछ-न-कुछ करूंगा ।' बड़े अफसर ने हम सबसे हाथ मिलाया और मुस्कुराकर हमें वापस भेज दिया ।

यह अफसर हमारे ठाकुर के मुकाबले में कितना अच्छा था ? रत्तीभर भी घमंड नहीं था इसमें ।

'देखें, क्या करता है बड़ा अफसर ?' भगतो चाचा ने कहा ।

'कहीं यह भी ठाकुर का साथ न दे ।' एक खेत-मज़दूर बोला ।

'लगता तो भला आदमी है ।' एक अन्य खेत-मज़दूर बोला ।

'कुछ-न-कुछ जरूर होगा, चाचा !' मैंने कहा ।

'देख लेंगे ।' उसने बड़ी लापरवाही से उत्तर दिया ।

लेकिन आखिर वह बात हो गयी, जिसका किसी को विश्वास नहीं था । वह अचम्भा सामने आ ही गया ।

कुछ सरकारी अफसर हमारी बस्ती में आये । उनके साथ पुलिस के सिपाही भी थे । हम सब घबरा गये कि शायद हमें तंग करने के लिए ठाकुर ने कोई और जाल फैलाया हो । लेकिन हम सब अब किसी भी मुसीबत का सामना करने को तैयार थे । वह जो एक नयी लहर जाग गयी थी हम सबके दिमाग में, उसने सभी खेत-मज़दूरों को इकट्ठा कर दिया था और उन्हें किसी भी आफत का एक साथ मुकाबला करने की ताकत

भी दे दी थी । थोड़ी ही देर में खेत-मज़दूरों को यह खबर मिल गयी कि कोई मुसीबत आने वाली है । देखते-ही-देखते सब लोग मेरी झोपड़ी के बाहर जमा हो गये ।

पुलिस के सिपाही आये तो मैंने पूछा–'क्या चाहिए आपको ? किसने भेजा है आप लोगों को ?'

'हमें सरकार ने भेजा है, हम कोई पकड़-धकड़ करने नहीं आये ।' एक सिपाही ने कहा ।

'तो क्या करने आये हो ?'

'हम कुछ अफसरों के साथ आये हैं । वे आपसे बात करना चाहते हैं ।' दूसरे सिपाही ने कहा ।

इतने में कोट-पतलून पहने चार आदमी हमारे करीब आ गये । वही सरकारी अफसर थे । मैंने हाथ जोड़कर उनका स्वागत किया । मुझे देखकर सभी खेत-मज़दूरों ने हाथ जोड़ दिये । फिर भगतो चाचा अंदर से खाट उठा लाया और उन सबको बैठने के लिए कहा । उनमें से एक अफसर तो बैठ गया, बाकी तीनों खड़े रहे । दोनों सिपाही भी जरा हटकर खड़े हो गये ।

तीनों अफसरों ने हमसे हमारे नाम और पते पूछने आरम्भ किये । सबसे पहले उन्होंने मुझसे पूछा ।

'तुम्हारा नाम क्या है ?'

'मेरा नाम कलीराम है, मेरे बाप का नाम रामफल है ।'

'रहने वाले कहां के हो ?'

'यही झोपड़ी मेरा घर है ।'

'लेकिन तुम आये कहां से हो ?'

'यह मेरा बाप ही जानता है । वह अब मर चुका है ।'

'तुम खेत-मज़दूर हो ?'

'जी हां ! मेरे बाप ने पुराने ठाकुर से एक सौ रुपये कर्ज लिये थे और खेत-मजूर बन गया था और अपने सारे खानदान को ठाकुर का गुलाम बना दिया था ।'

'तुमने उसका कर्जा नहीं चुकाया ?'

'नहीं, हम सूद ही चुका सकते थे, कर्ज की रकम नहीं। फिर मैंने भी कर्जा ले लिया और अपने आपको और अपनी होने वाली औलाद को एक कोरे कागज पर अंगूठे का निशान लगाकर ठाकुर के हवाले कर दिया।'

'लेकिन आप यह सब क्यों पूछ रहे हैं ?'

'इसलिए कि बेगार की प्रथा कानूनी तौर पर खत्म कर दी गयी है।'

'किसने खत्म की ?'

'तुम लोगों ने की है, जनता ने की है, सरकार ने की है।'

'हमारी सरकार तो ठाकुर निहालसिंह हैं।'

'अब ठाकुर की सरकार टूट गयी है।'

'आप झूठ बोल रहे हैं। ठाकुर की सरकार कभी नहीं टूट सकती।' खेत-मज़दूरों में से एक आवाज उभरी।

'नहीं, हम झूठ नहीं बोल रहे हैं। ठाकुर की हुकूमत खत्म हो गयी है। अब आप सब लोग आजाद हैं।' खाट पर बैठे अफसर ने मुस्कुराकर कहा। वह शायद चारों अफसरों में से सबसे बड़ा अफसर था।

सभी खेत-मज़दूर एक-दूसरे की तरफ देखने लगे।

'हम आजाद होकर जायेंगे कहां, सरकार ?' भगतो चाचा ने सवाल किया और सभी मज़दूरों ने उसकी हामी भरते हुए सिर हिला दिये।

'सरकार आपको जमीन देगी, आपके मकानों का प्रबंध करेगी।' अफसर ने जवाब दिया।

'हम उस जमीन का क्या करेंगे ?'

'ठाकुर तो हमें इस बस्ती से बाहर पांव भी नहीं रखने देगा।'

'वह तो कैद करा देगा हम सबको।'

उन सारे सवालों का जवाब देते हुए एक सरकारी अफसर बोला- 'तुम सब लोग बड़ी शान से अपनी-अपनी झोपड़ियां छोड़कर जाओगे। ठाकुर का कोई आदमी तुम्हारी तरफ आंख भी न उठा सकेगा।'

चारों अफसर हम सब खेत-मज़दूरों के नाम लिखते गए और बातें

भी करते गये । जब काम खत्म हो गया तो वे जाने को तैयार हुए । मेरे कहने से उन्होंने ओक से घड़े का ठंडा पानी पिया । हम सब उन्हें बस्ती के बाहर तक छोड़ने गये ।

'हम कुछ ही दिनों में दुबारा वापस आयेंगे और आपको जमीन के टुकड़ों पर कब्जा देंगे । आप लोग तैयारी करें ।'

चारों अफसरों और पुलिस के दोनों सिपाहियों के जाने के पश्चात् सभी खेत-मज़दूर छोटे-छोटे टुकड़ों में बंट गये और आपस में बहुत देर तक सलाह-मशविरा करते रहे ।

वह दिन मेरे और भगतो चाचा के लिए बड़ा ही मान का दिन था। किताबो की तबीयत आज भी ठीक नहीं थी । लेकिन वह हमारी बात सुनकर बहुत खुश हुई । बहुत दिनों के बाद मैंने उसके कमजोर चेहरे पर मुस्कुराहट देखी थी ।

फिर वायदे के अनुसार वही चारों सरकारी अफसर एक सुबह हमारी बस्ती में आ गये । आज भी उनके साथ पुलिस के सिपाही थे । अब तो हममें से बहुत ही कम खेत-मज़दूर ठाकुर के खेतों में काम करने जाते थे । औरतों को मैंने काम करने से बिल्कुल ही मना कर दिया था। अब बस्ती सुबह-सवेरे ही सुनसान हो जाती थी, बल्कि हर झोपड़ी में कोई-न-कोई आदमी मौजूद रहता था । जब वे चारों अफसर मेरी झोपड़ी की ओर बढ़े तो उनके साथ खेत-मज़दूरों का एक हुजूम चल पड़ा । सभी किसी खबर को सुनना चाहते थे । सभी की आंखों में इंतिजार की बेचैनी थी। जब सब लोग मेरी झोपड़ी के करीब पहुंच गये तो कुछ मज़दूर दौड़कर आसपास की झोपड़ियों से खाटें उठा लाये । चारों अफसर खाटों पर बैठ गये । उनमें से सबसे बड़े अफसर ने कहा-'आज हम आपको अपनी-अपनी जमीन का कब्जा देने आये हैं ।'

सभी मज़दूर एकदम खामोश खड़े थे ।

'आज से हर खेत-मज़दूर जमीन के एक टुकड़े का मालिक होगा ।'

मज़दूर अब भी खामोश थे ।

'वह अपनी मर्जी से इसमें फसल बोयेगा और तमाम अनाज उसका

अपना होगा ।' लोग अब भी चुप थे ।

'अब तुममें से कोई भी ठाकुर के खेतों में काम नहीं करेगा ।'

'लेकिन यह होगा कैसे ?' खामोश और बेजुबान हुजूम में से किसी ने सवाल किया ।

'यही बताने के लिए तो हम लोग यहां आये हैं कि जो आज तक कभी नहीं हुआ था, वह अब होने जा रहा है ।'

'बहुत मुश्किल बात है, सरकार ! एक खेत-मज़दूर ने कहा ।

'बिल्कुल मुश्किल नहीं है । तुम सब लोग हमारे साथ चलकर अपनी-अपनी जमीन का कब्जा ले लो ।'

सभी खेत-मज़दूर मौन थे और सबकी निगाहें मुझ पर जम गयी थीं ।

'हमें आपकी बात पर भरोसा है ।' मैंने सरकारी अफसर की बात सुनकर उत्तर दिया ।

'तो आओ, चलो हमारे साथ !' चारों अधिकारी खाटों से उठकर खड़े हो गये ।

'कहां ?'

'यही कुछ मील की दूरी पर । तुम लोग आओ, हम गाड़ी से वहां तक चलते हैं ।'

यह कहकर वे बस्ती के बाहर खड़ी कार की तरफ बढ़े और खेत-मज़दूरों का तमाम हुजूम मेरे आसपास जमा हो गया ।

'हमें अब क्या करना चाहिए, कलीराम ?' भगतो चाचा ने प्रश्न किया ।

'फौरन उस जगह पर पहुंचना चाहिए, जहां पर सरकारी अफसर गये हैं ।'

'यहां कौन रहेगा ?' एक ने पूछा ।

'सभी औरतें रहेंगी ।' मैंने जवाब दिया ।

'पीछे से अगर ठाकुर के कारिंदे आ गये ?' यह एक दूसरा सवाल था । गुलामी इंसान को कितना डरपोक और कमजोर बना देती है ! मैं सोचने लगा ।

'अब यहां कोई नहीं आयेगा, तुम लोग चलो ।' मैंने ऊंचे स्वर में कहा ।

देखते-ही-देखते हमारी बस्ती का हर आदमी बस्ती से बाहर निकल गया । एक भीड़ थी जो उस खुले मैदान की ओर बढ़ रही थी जो यहां से तीन-चार मील दूर था और फिर यह भीड़ उस खुले मैदान में पहुंच भी गयी । चारों अफसर पहले से वहां पहुंच चुके थे । उनकी कार एक पेड़ की छाया में खड़ी थी ।

सरकारी अफसर हमारा नाम पुकार-पुकारकर जमीन के टुकड़े हमें दे रहे थे । यह मैदान तो वही था जहां एक बार मेरा बाप रामफल और मेरी मां कुछ और खेत-मज़दूरों के संग ठाकुर के खेतों से भागकर आये थे । जहां से ठाकुर के कारिंदों ने उन्हें भूखा-प्यासा वापस खदेड़ दिया था । उसके बाद मेरी एक छोटी-सी मासूम बहन धूप, प्यास और थकावट की ताव में आकर दम तोड़ गयी थी । यह सब मुझे भगतो चाचा ने ही बताया था । मैदान में बबूल के असंख्य पेड़ थे । वह पेड़ अपने नुकीले कांटों सहित अब भी मौजूद था जिसकी छितरी-छितरी छांव में मेरी मां कुछ समय आराम करने के लिए बैठी थी । वह बबूल का पेड़ अब उस जमीन के टुकड़े में आ गया था जो मुझे दिया जा रहा था । जैसे मेरे बाप ने मरने से पहले ठाकुर के कर्जे के साथ बबूल का यह पेड़ भी मेरे नाम कर दिया हो । तैयार किए गये नक्शे के अनुसार हर उस खेत-मज़दूर को उसी प्रकार के छोटे-छोटे टुकड़े मिल गये थे । वे अब उन टुकड़ों के मालिक थे । उनमें जो भी झोपड़ियां बनेंगी, वे उनकी अपनी होंगी । यह जो सिरे से एक नयी बस्ती बनने जा रही थी, उसके ठीक बीच एक कुआं खुदेगा । काश्त के लिए भी हर मज़दूर को जमीन का एक-एक टुकड़ा दे दिया गया था । सरकारी अफसर मुस्कुराते हुए चेहरों से सबको जमीन बांट रहे थे और उन्हें जमीन के इन टुकड़ों का स्वामित्व-पत्र भी दे रहे थे ।

'अब यह जमीन तुम्हारी है और तुम इसके मालिक हो ।' एक सरकारी अफसर ने कहा । सब चुप थे ।

'अपनी-अपनी झोपड़ी बनाओ और जमीन के टुकड़े में फसल

उगाओ ।' दूसरे अफसर ने कहा ।

'सबसे पहले झोपड़ी कलीराम की बनेगी ।' एक खेत-मज़दूर अचानक बोल पड़ा ।

'आज ही रात तक बन जायेगी ।' एक और मज़दूर बोला ।

'कल किताबो इसी झोपड़ी में चूल्हा-चौका करेगी ।' यह भगतो चाचा की आवाज थी ।

थोड़ी देर के पश्चात् चारों सरकारी अफसर हमें बधाई देते हुए अपनी कार में बैठकर चले गये । साथ ही यह वायदा भी कर गये कि वे कुछ दिनों में फिर आयेंगे और कुएं की खुदाई का प्रबंध करेंगे ।

उनके जाते ही मज़दूरों का पूरा गिरोह मेरी झोपड़ी बनाने में जुट गया । कच्चे गारे से फूस की झोपड़ी बन रही थी । सारा सामान उन्होंने स्वयं ही जुटा लिया था । बहुत कुछ तो अपनी बस्ती से ही उठा लाये थे । फिर शाम हो गयी । अंधेरा छा गया और रात आ गयी । दूध जैसी चांदनी रात थी और मेरे मज़दूर साथी मेरी झोपड़ी बनाने में व्यस्त थे । रात की खामोशी में रागिनियां गूंज रही थीं और झोपड़ी की दीवारों पर कच्चे गारे के लेप किये जा रहे थे । भोर के समय झोपड़ी तैयार हो गयी ।

एक खेत-मज़दूर जाने कहां से रंगदार कपड़े का एक बड़ा-सा टुकड़ा ले आया और उसने उसे एक लम्बे-से बांस पर अड़ाकर मेरी झोपड़ी के ऊपर लगा दिया । उसी समय हमारी पुरानी बस्ती से एक बच्चे ने भागते हुए आकर बताया कि किताबो की तबीयत अचानक खराब हो गयी है और उसने मुझे बुलाया है ।

भगतो चाचा और मैं फौरन बस्ती की तरफ लपके ।

झोपड़ी में किताबो के पास उसकी मां और पड़ोस की कुछ मज़दूर औरतें थीं और वह दर्द से कराह रही थी ।

जब मैंने उसे यह खबर दी कि उसके लिए नयी झोपड़ी तैयार हो गयी है जिसकी मालिक वह खुद है, तो वह धीमे लहजे में बोली– 'कलीराम ! मुझे खाट पर डालकर उसी झोपड़ी में ले चलो । मैं अपने बच्चे को इस कैदखाने में जन्म देना नहीं चाहती ।'

उसकी बातें सुनकर मेरी आंखें गीली हो गयीं । मैंने झोपड़ी से बाहर आकर किताबो की यह बात भगतो चाचा से कही तो वह बोला–'किताबो ठीक कहती है । उसका बच्चा उसकी अपनी झोपड़ी में जन्म लेगा । वह एक गुलाम खेत-मज़दूर नहीं होगा, एक आजाद हिन्दुस्तानी होगा ।'

मैं खामोश हो गया । मुझे लगा, मेरी तरह किताबो भी पागल हो गयी है ।

कुछ ही देर में मेरे मज़दूर साथी और उनके साथ कुछ औरतें किताबो को खाट पर डालकर बड़े आराम और ध्यान से मेरी नयी झोपड़ी में ले आये जिसकी दीवार पर अभी गीला गारा रत्ती-भर भी न सूखा था । उन्होंने किताबो को झोपड़ी के अन्दर लिटा दिया । उसकी मां और कुछ औरतें भी उसके पास रह गयीं ।

मेरी झोपड़ी के ऊपर झंडा हवा में लहरा रहा था और सूरज की पहली सुनहरी किरनें मेरी झोपड़ी की कच्चे गारे की दीवारों को चूम रही थीं ।

उसी समय झोपड़ी के बाहर भगतो चाचा ने और मैंने किताबो के पहलौठी बच्चे की पहली चीख सुनी ।

'लड़का हुआ है, कलीराम !' किताबो की मां ने झोपड़ी से बाहर आकर कहा । झोपड़ी के बाहर खड़े लोग खुशी से नाच उठे ।

एकदम मुझे जाने क्या हो गया ? मैं स्वयं भी कुछ न समझ पाया था । मैं पागलों की तरह एकदम झोपड़ी के अन्दर लपका और झोपड़ी की गीली दीवार से कच्चे गारे का कुछ भाग उखाड़कर साथ ले गया । मैं किताबो की खाट के पास खड़ा हो गया और बड़े ध्यान से उसे देखने लगा । वह बेहद कमजोर और निढाल थी लेकिन उसके चेहरे पर अजीब किस्म का सुकून था । मैंने अपने बेटे के बायें हाथ के नन्हें-से अंगूठे को अपने हाथ में लेकर उस पर कच्चे गारे पर लगा दिया और फिर उस अंगूठा छाप गारे को झोपड़ी के बाहर किवाड़ के ऊपर चेप दिया ।

मेरे बेटे के अंगूठे का यह निशान उसके और उस जैसे दूसरे पैदा होने वाले बच्चों के लिए एक नये सूरज की गवाही देगा जिसमें

रोशनी, हसरत और जिंदगी होगी । उस नन्हें-से मद्धिम निशान में जो उस समय पहचाना भी न जा सकता था, वे सब निशान जज्ब हो गए, जिन्होंने उसके बाप-दादा को जिंदगी-भर की गुलामी और कैद दिलाई थी ।

भगतो चाचा ने यह देखा तो आगे बढ़कर मुझे अपनी बांहों में ले लिया और मेरे पसीने से भरे माथे पर अपने कांपते हुए कमजोर होंठों का निशान छाप दिया जिसमें पूर्णिमा के चांद की ठंडक थी और उज्ज्वल भविष्य की घोषणा भी... ।

**